メディアワークス文庫

薬師と魔王(上)

永遠(とわ)の眷恋(けんれん)に咲く

優月アカネ

目　次

プロローグ

11月のよく晴れた小春日和の日に彼女は亡くなった。

『セナマイシン』

それは彼女が開発した薬の名前だ。

当時27歳という若さでありながら、彼女——佐藤星奈（さとうせいな）は大変優秀な研究者だった。サンプルの細菌や実験動物に名前をつけて愛（め）でるなど奇妙な行動をとり、いわゆる変人という一面を持ちながらもかえって親しみやすく、愛情深い性格は皆に好かれていたと当時の同僚は言った。また、どんなに困難な状況にあっても愚痴や弱音一つ吐かず、歯を食いしばって耐える手本のような研究者であったとも。

一方で、ごく一部からはこのような話も聞こえている。彼女は薬剤師でもあったが、病人を前にすると手足が震え、卒倒してしまうことがあったと。だから研究者にならざるを得なかったのだと。——真実と言うにはあまりにささやかな噂（うわさ）。真偽は不明である。

才能も人望もあった彼女だが、研究対象の菌に感染したことが原因で数年の闘病の後に早逝した。彼女が命を懸けて研究開発した治験薬XXX―969は、彼女の名を取ってセナマイシンと命名された。

セナマイシンはスタフィロコッカス　フィラメンタスという細菌に対する特効薬として開発されたものだが、彼女の死後続々と新しい薬効が明らかになった。

世界中で多くの人命を救った功績と、かつてない作用機序を持つセナマイシンの新規性が評価され、没後30年の際にノーベル医学・生理学賞を受賞した。死去している者が受賞するのは異例中の異例だが、選考委員で反対意見を出した者はいなかった。

彼女の故郷である北海道には石碑が建てられている。彼女が愛した自然、植物、動物たちに囲まれて、静かにこの地を見守っている。

第一章　病弱な魔王様

1

「ちゅ、中毒を起こしていると思われます！　すぐに救急車を呼んでください！」

「きゅう……？　なんだって？」

「救急車ですよ、救急車。１１９番してください。ええっと、……Please call an ambulance!」

「おいおい何言ってるか全然わかんねぇよ。それより娘は助かるのか!?」

——救急車が全然わからない？　そちらのほうが意味わからないわ。

一体なにがどうなっているのか。どうしよう。私は今スマホを持っていないし、この森を抜ける土地勘もない。……じわりと嫌な汗が背中をつたう。

目の前には真っ青な顔で倒れている女の子が1人と救急車を知らないと言った父親。私が駆け付けるのとほとんど同時に母親らしき女性はどこかへ走り出していった。助けを呼びに行ったのかもしれない。

女の子は5歳にも満たないほどの小さな子だ。傍（そば）には一口齧（かじ）られた茶色いキノコが落ちている。額には脂汗が浮かび、呼吸は浅く荒い。小さな背中を丸めて苦悶（くもん）に満ちた表情だ。状況から、齧ったキノコによる中毒症状ではないかと思われた。

「こんなに小さいのに……。間違えて食べてしまったのね。可哀相に」

女の子の傍らに膝をつき、そろりと背中をさする。

私はこのキノコを知っていた。クサウラベニタケだ。シメジに似ているから間違えやすいのだけど、れっきとした毒キノコ。少しでも早く解毒処置を行わないとまずい。

ここはどこなのか、私はなぜパジャマ姿なのか。色々気になることはあるけれども今は後回しだ。

先ほどから震え続けている手足にぐっと力を入れる。少しでも気を抜いたら倒れてしまいそうなほど心もとない意識。

――落ち着いて。私はできる。大丈夫。私がやらなければ誰がやるの。必死に言い聞かせて僅かに残る平常心を奮い立たせる。

「お薬を作るからね。大丈夫よ」

私は絶対に負けない。人々の幸せを奪う病気にも自分自身にも。

私は大きく深呼吸をして覚悟を決めた。


――時はおよそ2時間前に遡る。

私はいつものパジャマを着た姿で森をさ迷っていた。

パジャマというか、まあ、高校時代のジャージとクラスTシャツと言うべきか。着心地が抜群にいいので捨てるに捨てられず、アラサーとなった今でも愛用している。

「ふぅ、ふぅ、ふぅ………。一体ここはどこなのよぅ」

ごつごつとした木の幹に手をついて独りごちる。

やや湿気(しけ)た空気に森特有の土っぽい匂い。苔(こけ)むした木々が生い茂り、足元には草木が雑多に生える。――正直全く心当たりのない場所だ。

確か私は布団に入って寝ていたはずなのに。それが、目覚めたら見ず知らずの森にいた。こんなことってあるのだろうか。

森を抜けようと歩き回ってみたものの、同じような景色ばかりが続いている。天然パーマの髪の毛に枝や葉っぱが絡まるし、目にかかる長い前髪が鬱陶しい。寝たままの格好なので当然靴は履いておらず、素足は石ころや棘(とげ)のある草で痛みを感じ始めていた。木々の隙間から街でも見えないかと目を凝らしてみても、それらしいものは見当たらない。

誘拐されたのか、はたまた突然夢遊病になってしまったのか。いや、夢にしては五感がリアルすぎるけれど……。深い森の中で私は途方に暮れていた。

――助けを求める声が聞こえたのは、川の近くで休憩していたときだった。

「誰かいないか⁉　むっ、娘が倒れた！　助けてくれ！」

はっとして顔を上げる。声の大きさからしてかなり近い距離だ。

人がいたことに一旦は肩の力が抜けたものの、言葉の内容を理解してすぐに緊張が走る。

倒れただなんて怪我でもしたのかしら？　あるいは貧血か、糖尿病で低血糖を起こした可能性もあるわね。とにかく助けに行かないと！

しかし私の身体は意思に反して戦慄き始める。がたがたと手足が震え膝から下の力が抜けてゆく。心臓はおかしなリズムを打ち始め、ひどく息が吸いにくい。

ああ、まただ――――。

自分の身体なのにコントロールが利かない。このようになってしまってからもう何年が経っただろう。どうにもならない悔しさで唇を噛む。

気を緩めるとパニックでも起こしてしまいそうなほど不安定な身体。脆く薄い氷の上に立っているかのような危うさを孕んでいる。

それでも私は患者のもとに駆け付けなければいけない。――薬剤師なのだから。

――急ぎ向かったものの。救急車を呼べないどころか知らないと言われるとは予想外だった。ここは浮世離れした秘境かなにかなのかしら？　日本で生まれ育ち27年になるけれど、世の中にはまだまだ知らない世界があるらしい。

人を呼びに行ったと思われる母親がいつ戻るかわからない。早く処置をしないと女の子の命が危ないと判断し、私は決死の思いで口にする。

「私は薬剤師の資格を持っています。応急処置をしてもよろしいですか？」

「やく……ざいし？　やく、って薬師みたいなもんか？」

父親が驚いた表情で顔を上げた。

どこか話が嚙み合っていない感覚がしたけれど、ひとまず話を進める。

「薬師？　ええと、多分そんな感じです。この毒キノコは知っているので、取り急ぎの処置は可能です」

「そうか！　頼む、レイナが助かれば何でもいい！　俺の命より大切な子だ！」

父親は目に涙を浮かべて叫んだ。愛され大切に育てられた子であることが伝わってきて自然と心が温かくなる。

レイナちゃんは依然小さな身体を丸めて悶えている。急がないとどんどん毒が吸収されてしまう。こういう応急処置は普段の業務では行わないため慣れていないけれど、どうすればいいのかは知っている。

冷静に、冷静に。震えと動悸が少しずつ落ち着いてきたことで少しの余裕が生まれる。

ひとつ深呼吸をして指示を出す。

「では水を汲んできてもらえますか。植物をすり潰したいので、適当な板と棒も探してほしいです」

「あっ、ああ。分かった。水と板と棒だな。すぐに見つけてくる！」

父親は一目散に川のほうへと駆けて行った。その背中を目で追いながら他に必要なものを整理する。

まず炭は——すぐそこの焚火跡から調達すればいいわね。重要なのは薬草のほうだわ。さ迷っていたときに気が付いたのだけれど、この森には薬草の類が豊富に生えている。それこそどこかの薬用植物園かと思うほどに。だから探し求めるものもあるはずだという確信があった。

案の定、森を探すと目的の植物は10分も掛からずに見つかった。

「………あった！」

小さな白い花と赤い実をつけた植物——吐根だ。群生しているところから2、3本根っこごと引っこ抜き、急いでレイナちゃんのもとへ戻る。ちょうど父親も戻ってきたところだった。

「言われたものを見つけてきたぞ。これでいいか？」

まな板ほどの木片と、取り回ししやすそうな大きさの棒を見て私は頷いた。

「ありがとうございます。では、ここからは分担して作業します。あなたはそこの炭をすり潰してもらえますか？　飲めるぐらいの細かさにしてください」

焚火の跡を指差す。父親は狐につままれたような顔をしていたけれど、ちらりとレイナちゃんを見たあと「分かった」と返事をした。

「私は吐根を処理します」

吐根。漢字の通り摂取すると吐き気をもよおす薬草だ。南アメリカの先住民の間で古くから使用されていたもので、日本でも煙草や医薬品を誤飲したときの応急処置として用いられた。今回のように毒キノコを食べてしまったときにも応用できる。

根っこをぶちぶちと音を立ててちぎり細かくしていると、父親から「終わったぞ！次はどうしたらいいんだ⁉」と声が掛かった。

「では、親指、人差し指、中指でそれをつまんでください」

ジェスチャーをしてみせると、父親もそれに倣って指で形を作った。そのままぎこちない動作で炭をつまむ。

「こ、こうか？　これがどうしたんだ？」

「合っていますよ。それを〝1つまみ〟とします。30回つまんで水に溶かし、レイナちゃんに飲ませてください」

「すっ、炭を飲ませるのか⁉」

「炭は毒物を吸着する性質があります。私は薬師ですから信じてください。……単なる炭ですから、万が一私が嘘をついていたとしても身体に害はありませんよ」

「う、うぐ……」

父親は戸惑いを隠しきれない様子だ。

気持ちはわかる。昏倒している娘さんに炭を飲ませるなど、医療に詳しくない人からすれば信じられない行為だろうと。しかし、彼に伝えたことはもちろん真実だ。炭は毒物を吸着する性質がある。毒が体内に吸収されきってからでは効果が薄れるので、1時間以内に投与することが望ましい。

「さあさあ、こうしている間にもレイナちゃんの身体に毒キノコが吸収されてしまいますよ。どうしますか？」

脅すようなやり方は心苦しいけれど、焚きつけたほうが動いてくれる場合もある。今この状況で一番大切なのはレイナちゃんを解毒することなのだから。

「……ちくしょう。分かったよ！」

半ばやけくそになった父親は急ぎ炭をつまみ水に投げ込んでいく。30つまみ入れたのち、がしがしと攪拌する。

レイナちゃんを抱き起こし、誤嚥しないように注意しながら少しずつ飲ませていく。心配そうに父親が見守るなか、弱々しいけれど、しかし確かに小さな喉が上下に動いた。

――よし、飲み込んでくれた！

「レイナ！　ああよかった。これで少しは楽になるな……！」

歓喜の声を上げる父親。私もほっと息をつく。

いつの間にか浮かんでいた額の汗をぬぐう。気が付けば手足の震えは治まっていた。

小さな身体を切り株にもたれさせて座らせる。さあ次の処置だ。

すぐに吐根を飲ませてしまっては炭が出てきてしまう。毒を吸着する前に吐き出してしまっては本末転倒だ。炭の繰り返し投与が終わり次第飲ませるのが最善かしら……？

それにしても母親はどこまで行ったんだろう。あんなに小さな女の子と一緒ということは、さほど集落から離れていないとみるのが自然だけれど。

吐根を潰しながらそんなことを考えていると、がやがや騒がしい声と草を踏みしめる複数の足音が聞こえてくる。

「こっちです！　早く！」

声高に叫ぶ女性の声。安心したように吐息を漏らす父親の姿を見て、母親が救援を呼んで戻ってきたのだと理解した。

途端、全身の力が抜けていく。

「はぁ……。よ、よかったぁ……！」

助けが来た。これでもう大丈夫だわ。張り詰めていた緊張が緩み、私はへなへなとその場に座り込んだ。

きちんと対応できるか不安だったけれど、どうにか無事に処置をすることができた。

あとは救急隊なりお医者さんなりに引き継いで終了。さあ、ここはどこか聞いて早く家に帰らなきゃ。

そう思ったのだけれど——それどころではないと気が付くまでに時間は掛からなかった。

【薬師メモ】
炭の薬効：医療現場で使われているものは活性炭や薬用炭という。腸内で薬物を吸着し便として排出する。

2

レイナちゃんは救援の人たちが持ってきた担架に乗せられた。町の診療所に運ばれるという。

処置の引き継ぎがあるので付いて行ったところ、私は自分の目を疑った。そこは日本でないどころか、現代の地球だとも思えなかったからだ。

街並みについて私の少ない語彙力で表現するならば、中世のヨーロッパという感じ。歴史の教科書に載っているような馬車が走る石造りの街だ。

行き交う女性は質素なワンピースにエプロン姿で、男性はつぎはぎのシャツにズボン。電化製品や液晶広告、スマホを眺める人は見当たらない。生きたままの豚や鶏、新鮮な野菜などが軒先に並び、店主が手を打ち鳴らして威勢よく客を呼び込んでいる。賑やかな田舎の市場といった雰囲気だ。

タイムスリップでもしてしまったのだろうか。呆然とする私を、隣を歩く青年が変な顔で見る。その青年を私は凝視し返す。なぜなら彼の髪と瞳はとても珍しい色をしていたからだ。

例えるならば鉄Ⅱイオンのようにほんのりとした緑色。マッドサイエンティストだの変人だのといったあだ名を持つ私に詩的な例えは難しい。

「……なんですか。僕の顔になにか付いてます？」

青年の訝しげな表情にはっとする。

「い、いえっ。なんでもないです。すみません」

慌てて視線を外し再び街を見渡す。珍しい髪色をしているのは彼だけではなかった。人々は青や赤銅、ピンクなどなど豊かな色彩を持っている。私のように真っ黒な髪がむしろ珍しいくらいだ。

おしゃれに髪を染めてカラーコンタクトをしているのかしら？　いや、この街並みを見る限りそれほど技術が発達しているようには思えないわ。

私は一体どこに来てしまったのかしら……？

好奇心がうずく一方で、えも言われぬ不安が膨らんでいく。

もっとよく観察したかったけれど、今はレイナちゃんを診療所へ運ぶことが優先だ。

15分ほど歩いたと思う。大きな噴水に面した広場の一角で一行は歩みを止めた。どうやらここが町で唯一の診療所らしい。

——運び込まれてしばらくするとレイナちゃんは意識を取り戻した。引き続き顔色は白く具合は悪そうだけど、山は越えたとみてよさそうだ。小さな娘を抱きしめてしゃくり上げる両親を見てほっとすると同時に、その光景はひどく眩しく感じられた。

私の申し送りを聞いた白髪のおじいちゃん医師は「聞いたこともない処置じゃのう」と驚いていた。……特別なことはしていないのだけれど、もしかしてここは医療も遅れているのだろうか。

確かに診療所の設備は現代のそれと比べるとかなり寂しい。医療機器や薬品といったものはほとんど見当たらず、簡易ベッド、リネンやガーゼ類、点滴台、ガラス瓶に入った生薬が少し。ざっと見渡した限りそんな具合で、離島の診療所でももっと設備が整っているだろうと思った。

この街は一体なんなんだろう。無事に引き渡しを終えることができたので診療所の外に出る。感じているのは不安半分、興味半分。研究者の性なのか、未知なるものを前にすると強く惹かれてしまう。少し街を散策してみようかと思ったとき――。

「……って、うわっ⁉　なになに⁉」

目の前の広場一面に人だかりができていて、たくさんの目がこちらに向けられている。さながら不倫をしでかした芸能人に報道陣が殺到したような状況だった。

あっという間に私は取り囲まれた。

レイナちゃんの容体が気になって来た人もいるようだけれど――なんと大部分は私を目当てに集まった人だった。

どうやらこの街はさほど大きくないよう。「きみは誰だ」「その格好はなんだ？　異国から来たのか？」と、よそ者であることをつぶさに指摘された。

ここで初めて、自分はみんなと違う衣服を着た怪しい女であることに気が付く。くたびれたジャージ姿に寝起きのぼさぼさ頭、そのうえ裸足だ。周囲の観察に必死で自分がどう見えているかということに全く気が回っていなかった。小さな集落であれば不審に思われても仕方のない出で立ちだ。

ええと、どこか全く違う世界から来たみたいです。――なんて言えない！

野次馬の中央に立つ銀髪の青年が腕を組む。怪訝な表情だ。

なにも悪いことはしていないのに冷や汗が止まらない。どうしよう、正直に話したところで信じてもらえる気がしない。

しどろもどろになって広場を見渡す。突き刺さる視線が痛い。汗ばむ拳を握りしめ、思わずぎゅっと目をつむる。

「――――記憶喪失かのう？　ほっほっほっ」

はっと隣を見ると、診療所のおじいちゃん医師だった。いつの間に出てきたんだろう。背中を丸めて杖をつき呑気に笑っている。

……記憶喪失？　えっと、どういうこと？

おじいちゃん医師の発言を咀嚼するには少々時間を要した。そして、もしかして彼は私を助けようとしてくれているのではないかと思い至る。

なにも策を持ち合わせていない私は迷わず話に乗っかることを選択した。

もろもろ正直に打ち明けたらことが大きくなるに決まっている。私はただの人畜無害な薬剤師だ。不審者に認定されて捕まりでもしたら大変なことになる。いかに穏便にことを済ませられるか、私の命運はそこに掛かっていると直感した。

後頭部を押さえてしかめっ面をしてみせる。

「……うーん、そうかもしれません。あっ、そういえば頭が痛いです。転んで頭でも打った気がしてきました！　それで、ここはどこなのかしら……？」

とんだ猿芝居だ。ざわざわとどよめく野次馬。どこか侘しい気持ちになってくるけれど、生き延びるためには私のちっぽけなプライドなど些細な犠牲だと言い聞かせる。

熱演はしばらくの間続いた。

――結論から言うと、私はこのトロピカリという町に住むことを許された。

住民の信頼を得たというわけではないけれど、害にはならないだろうと判断された。おじいちゃん医師とレイナちゃんの両親が口添えしてくれたこと、銀髪の青年ライがなぜか味方についてくれたことが大きかった。ライは顔が広く影響力のある人物のようで、慎重派を上手く言いくるめてくれた。

彼らのおかげで、私はこの町で新しい人生を歩み始めることになったのだった。

3

「今日もよく働いた～っ！」

思いっきり伸びをしながら声を上げる。唐突な大声に驚いた鳥たちが、羽音をたてて慌ただしく飛び立つ。

パンパンッとスカートに付いた泥を払う。

ここは湖のほとりに建つ掘っ立て小屋。私の家だ。

毒キノコ事件のあと住むところがない私に与えられたのが、ちょうど持ち主が亡くなったこの小屋だ。先の住人はおじいちゃん医師のご友人だったようで、彼は身寄りがなかったからと私を住まわせてくれた。おじいちゃん医師には足を向けて寝られないほど助けていただいてしまった。

老朽化して半分崩れかけたような見た目だけれど、ぎりぎり雨漏りはしない。室内は一通り家具が揃(そろ)っていて快適だ。かつて家族で住んでいた平屋にどことなく似ており、とても気に入っている。

ここに来て数週間が経つけれど、やっぱりこの地は地球ではなかった。親切な町人が教えてくれて私が知っていることは３つ。

ひとつ、この町はトロピカリといって、ブラストマイセス王国の東端に位置している。

ふたつ、トロピカリの主要産業は農業。トロピカリの大地は栄養分に富んだ良い土(い)をしており、耕作や畜産でこの国の食糧庫を支えている。

みっつ、ここブラストマイセス王国の君主は魔王様である。

「は、はい？」と、思わず聞き返してしまった。意味はわかるのだけど理解ができなかった。いきなり魔王様と言われても町の人は皆人間のようだし、物語に出てくる邪悪な魔物などから連想する物騒な様子は一切ない。のどかな田園風景が広がるトロピカリはいつも平和だ。

そんなわけでこの点のみ私は信じ切れていない。記憶を失ったことになっている私への冗談だったのだろうと解釈した。

現在私はこの小屋を住まいとしつつ、畑で育てたり森で採集したりした薬草を売って生計を立てている。なぜ薬草なのかというと、私は薬剤師の資格を持っているからだ。実際に働いていたのは製薬会社の研究職だったけれど、もともと植物は好きだったし、漢方薬についても勉強していたことがあった。

森で吐根を見つけた折にも感じていたけれど、やはりトロピカリの森には多種多様な薬草が生育している。日本でいう季節や固有の生育地など関係なく、バラエティ豊かな植物多様性がこの森にはあった。土が良いだけでこんなにも色々育つものなんだろうか。

地球と似ているようで似ていないこの世界。不思議に思うことは日々大小たくさんあるけれど、かえってそれが新鮮で飽きない毎日を送っている。

「湖が目の前にあるのも素敵よね。綺麗な水がたくさんあるのとないのとじゃ生活の質が全然違うもの。飲み水やお風呂に困らないのは大きいわ」

そう独り言を呟きながらテラスの椅子に腰かけ、湖に溶け出していく真っ赤な夕日を眺める。テラスといってもおしゃれなものではない。拾ってきた木箱をテーブルとし、ぼろぼろの布を木々の枝に引っかけて日よけにしただけの設えだ。

呑み込まれそうなほど雄大で圧倒的な夕焼け空。湖面までもが茜に染まり山々の後ろて癒されていく。

には夜が迫る。この世界の美しさを身体全体で感じれば、一日の疲れがゆるりとほどけ

……日本では仕事に明け暮れていて、ある日寝て起きたらなぜかこの世界にいた。死んでしまったのか、それとも夢が続いているのか。答えは未だにわからない。

畑仕事が中心のこの暮らしはのんびりとして穏やかだ。意外にもすんなり受け入れている自分がいる。自由に時間を使えるし、誰に縛られるわけでもない。町外れに1人暮らしの私はなにをしたって誰に迷惑を掛けるわけでもなく、快適感すら覚え始めている。なにか鬱屈していたものが解放されたような心地だ。

――そんなことを考えていると、ふと木箱机に置いた死体と目が合う。

「……仕事も終わったことだし、解剖でもしてみようかしら」

先ほど畑仕事中に出くわした2つ頭の青い蛇だ。目が合うなり臭い汁を飛ばしてきたから慌てて鍬で退治した。

2つ頭の蛇なんて見たことも聞いたこともない。突然変異か、あるいはここブラストマイセスの固有種だろう。

この世界には未知なるものが溢れている。そのことがなにより私の心を躍らせた。

突然見知らぬ世界に来てしまったのに、寂しさより知識欲や好奇心が勝るあたり、私はみんなが言うように変な人間なんだろう。マッドサイエンティスト、変わり者、奇人。

これまでの人生そんなあだ名ばかりだったから。

けれども私は気にしていない。私は自由だ。場所が変わっても好きなことをして好きに生きていきたい。元の世界に帰ることができるその日までここを楽しみ尽くし、ひとつでも多くの発見をしたいと思う。でないと限られた人生の時間が勿体ないから。

私はむんずと蛇の死体を鷲摑みにし、心躍らせながら台所へ向かうのだった。

4

異世界に来て2か月が経った。時刻や暦の流れは日本と同じなのでわかりやすい。

日々農民のようにあくせくと畑を耕し森で薬草採集を続けた私はすっかり日焼けをし、およそ薬剤師らしからぬ容貌になっていた。日ごろ薬局や病院に引きこもっている薬剤師という生き物は通勤でしか陽に当たらないため、色白な者が多いのである。

「――さて！　そろそろお金を数えてみましょうねっ」

朝の農作業を終えて家に入る。

手を洗ってから向かうのは収納棚だ。扉の建付けが悪いので完全には閉まらず、常に隙間が空いている。

毛布やら衣類やらをかき分け隅に置いている麻袋を取り出す。軽く上下に揺すると硬貨がチャリチャリと素敵な音を鳴らし自然と頬が緩む。これが私の貯金である。

日々の売上や生活費を切り詰めた結果、大学ノートほどの大きさの袋がようやくいっぱいになった。これからお金を勘定して、足りそうであれば薬師業に必要な調合道具を買いに行くつもりだ。

「とり急ぎ必要なものは……薬研、乳鉢、乳棒、薬匙、天秤あたりかしら。あ、あと生薬を保存する瓶も必要ね。小刀もあると便利かしら」

思いつくものを指折り数えていく。

薬研とは生薬を挽いて粉末にしたり絞り汁を得たりするためのローラーと受け器のこと。乳鉢と乳棒はすり潰しに使うすり鉢と棒のことで、薬匙は薬を計り取るスプーンのようなものだ。

日本で使われている器具ズバリそのものでなくとも近しい道具があることは市場で調査済み。既に目星をつけているので、問題はお金が足りるかどうかだ。

さっそく机に移動して袋から硬貨を取り出し、色別に10枚ずつ積み上げていく。

ブラストマイセスの通貨単位は「パル」という。最小単位は10パルで、鉄でできた硬貨。その上が100パルで銅からなる硬貨。ついで1000パルが銀製の硬貨で、最も価値の高い硬貨が10000パルで金の硬貨だ。

私の感覚では10パルは100円ぐらいの価値があるように思う。ちょうど卵を6個買えるのが10パルだから。

「ん～、鉄と銅の硬貨ばっかりだわ。大丈夫かなあ……」

半分ほど袋が軽くなったところで積み上がったのは鉄色の山が5つと銅色の山が2つ。そして銀色が1枚。

「この銀貨はなにを売ったときのものだったかしら？　……あ、冬虫夏草だったわね」

冬虫夏草。バッカクキン科冬虫夏草菌の子実体と、宿主の幼虫の死体。

ざっくり言うと、キノコに寄生された幼虫の死体のことである。

滅多に見かけない貴重な生薬で、喘息や鎮痛鎮静等に応用されるほか、インポテンツといった男性機能の改善にもよいとされている。世界が変わっても悩みは一緒のようで、こういった生薬は一定の需要があるらしい。

「今思えばこれは銀貨5枚でもよかった気がするけどね。ちょっと舐められていたかもしれないわ」

トロピカリに来たばかりのころ、市場に薬草を売りに行ってもよそ者の私を相手にしてくれる取引先は皆無に等しかった。店先で食い下がり、何日も通いつめて必死に顧客を開拓した。今でこそ互いに信頼が生まれて健全な取引をさせてもらっているけれど、最初は言い値で売っていたこともあった。……お金の価値を正確に把握しておらず、訳もわからず頷いてしまった私にも非があるのだけれどね。

そんなことを考えながら硬貨の勘定を続けた。

——最終結果は5800パル、日本円にして5800円のお金だった。

「5800円……。ちょっと心もとないけれど、値引き交渉を頑張ってみましょう。薬匙は食事用のスプーンで代用してもいいしね。なんでも工夫が大事だわ」

ぎりぎり足りなさそうな額ではあるけど、1秒でも早く調合道具が欲しい私はなんとかなるだろう精神で強行突破することにする。私は農民ではない。薬剤師なのだ！　調合や実験がしたい！

うきうきする心のままに家を飛び出し市場を目指す。

案の定お金は少し足りなかったのだけれど、道具屋さんの大掃除を手伝うことで不足分を相殺してもらうことができた。

私はついに薬師として活動を始めたのだった。

5

今日はどんな一日になるかしら！

快晴というだけで心はどこか浮足立つ。私は町の市場に向かっていた。

自宅はトロピカリの外れにあるため、市場のある市街地までは歩いて1時間ほど掛かる。黄色い煉瓦(れんが)でできた1本道をゆくので迷うことはない。

ここブラストマイセス王国に四季というものがあるのか不明だけれど、来たころよりは暑さが増している。日本でいうと6月くらいの体感温度だ。暑さに湿気が混じっているため、それなりに体力を消耗する。

「ま、いいんだけどね。社会人になってから全然運動していなかったし、ウォーキングくらいしなくっちゃ」

ワンピースの上に着用しているエプロンのポケットから布を取り出し、額に浮かんだ汗を押さえる。数歩先を小さな蛙(かえる)がぴょんと跳ねた。

1本道の周囲には牧草地や畑が広がっており、時折「モ〜ゥ」という間延びした牛の声が野に響く。地元北海道を思い起こさせるのどかな風景に、心穏やかな気持ちになる。

……いや、牛ではないわね。似ているけれどぶちが黒ではなくて赤褐色。角も3本あるわ。

この世界固有の動物のようだ。のちに知ったところによると、これはスイニーといって肉や乳を得るために飼育している動物だった。

今日の目的は収穫した薬草や漢方薬を薬店に卸すことだ。先日めでたく購入した調合道具のおかげで私の異世界生活はいっそう充実している。収穫した薬草を使って毎日さまざまな漢方薬を調合している。

景色を楽しみながら歩けばぽつぽつと建物が増えてきて、やがて活気に溢れた市場が姿を現した。

トロピカリの市場は固定店舗ではなく露店型が主流で、通りの左右にカラフルな天幕を張った店が並ぶ。みずみずしい野菜や生きたままの家畜といった生鮮品から、干物や燻製肉といった加工品まで道に面して山盛り陳列されている。

肉屋から漂うスパイシーな香ばしさに唾液がじゅわっと湧く。香草羊肉ソーセージだ。この店はずるい。市場の入り口に近いところに店を構え、食欲をそそる香ばしい香りをいつも漂わせているのだから。きっと今日も帰りに買ってしまうに違いない。

通りかかるだけでも目移りするような店の数々。がやがやとした店員と客の賑わいは聞いているだけで元気をもらえる。活気のある呼び込みや食欲を刺激する香りに心を惑わされながら目的の店へ向かった。

「サルシナさん、こんにちは！　セーナです」

青と白のボーダーの布が目印の露店。店の前で声を上げる。

「ああセーナ、よく来たね。遠くて大変だっただろう。今茶を淹れるからね。待っている間に持ってきたものを机に並べてくれるかい？」

いそいそと物陰から出てきたサルシナさんがここの店主だ。茶色の巻き毛に金色の瞳を持ったふくよかな女性で、口に咥えている細長いものは煙草ではなくジャーキーだ。

町に突然現れた私を訝しがりつつも、私が持ち込む薬草や漢方薬の価値を高く評価し一番最初に取引をしてくれた恩人でもある。

「いい運動になるので苦ではないですよ。赤ぶちの牛が可愛らしいので目の保養になりますし。ああ、お茶だなんてお構いなくです。……よっこらしょっと」

背負っていた籠を地面に降ろし商品を机に並べていく。持ってきたものは大棗、蘇葉、黄連といった生薬素材からレモングラス、バジル、ジャスミンなどのハーブまで幅広いラインアップ。手作りの漢方薬としては四君子湯を持ってきてみた。

「今日の漢方薬は四君子湯です。これは簡単にいうと胃腸機能を改善し気力を補うお薬です。胃腸の調子を崩して元気が出ない場合や、疲れが取れないような状態に効果が期待できます」

お茶を持って戻ってきたサルシナさんに説明する。

「へえぇ！　また便利そうな薬だね。これから暑くなると食あたりも増えるし、バテて食欲が出ない連中にも需要がありそうだ」

「ああ、よかったです！　飲み方はいつもと同じです。この小分け1袋を土瓶か薬缶で煮出して3等分し、朝昼夜と飲んでくださいね」

需要があると聞いてほっとする。気候が蒸してきたのでもしかしたらと思って選んだ甲斐があった。サルシナさんは丁寧に四君子湯の小袋を店の箱に移していく。

「この間持ち込んだケイシトウ、風邪をひいた連中によく効いたよ。また新しい薬ができたら買い取るからじゃんじゃん持ってきておくれ」

「皆さんのお役に立てて光栄です。処方はたくさんあるので、また作ってきますね」

――ブラストマイセスの医療事情もだんだんわかってきた。いわゆる錠剤の西洋薬は存在せず、薬草を単品で煎じて飲んだり傷口に塗ったりするのが一般的だそう。だからサルシナさんいわく、複数の生薬を混ぜて調合する私の漢方薬は効果が高く珍しいらしい。

自分が持つ薬学の知識を生かせば困っている人たちの役に立てそうだ、ということがわかったのは大きな収穫だった。食い扶持と趣味を兼ねて始めた薬師業だけれど、実際に病人を治療できていることはなにより嬉しい。

趣味といえば、調合以外にも私は行動を開始している。

見慣れない虫や蛇を解剖して夜な夜なスケッチするのが楽しくてたまらない。スケッチが完了したら亡骸を酒精に漬け込んで薬膳酒を作る。素材を隅から隅まで研究し、最終的には味を知るために飲食する。これが被検体に対する私の流儀だ。先日出くわした2つ頭の青い蛇、あれはなかなか生臭かったけれどもかえって癖になる味で、辛口でいいお酒になった。

日本に未練がないわけじゃないけれど。かつて研究者をしていた身としては未知なるものにうずうずしてしまうのが正直なところだ。自分でも驚くほどここの生活が肌に合う。仕事が軌道に乗って衣食住が整ってきたこともあり、毎日がとても充実している。

「……じゃあシクンシトウを全部と……生薬とハーブは全部5つずつもらおうかな。代金は800パルでいいかい？」

サルシナさんの声ではっと現実に引き戻される。

「はい！　問題ないでありますっ!!」

「なんだい、その軍隊みたいな威勢のいい返事は。本当に変な子だねぇ……」

ぼそっと呟くサルシナさん。私が頭をぽりぽりと掻いて俯いているうちに、エプロンのポケットから銅貨を8枚数えて渡してくれた。

「……はい、確かに800パルいただきました。ではまた来週来ますね、またよろしくお願いします」

「もう帰るのかい？　まだ茶が残っているじゃないか。せっかくだからゆっくりしていきなよ」

サルシナさんはどこからか丸椅子を出してきて座るように勧めてくれた。すごく嬉しい。私もサルシナさんとお喋りしていきたい。けれど、ご厚意に甘えるには時間が遅すぎた。

「ありがたいお誘いなんですが……もうすぐ夕暮れですし、暗くなる前に帰りたくて」

その言葉にサルシナさんは時計を確認し、ああ、と残念そうに眉を下げた。

「確かにそうだ。あたしが悪かった。暗い中ひとりで歩いたら危ないからもう帰りな。またおいで」

「すみません。今度はもう少し早い時間に来ますので、ぜひご一緒させてください」

丁寧にお辞儀をして店を出る。サルシナさんの店を後にした私は市場の入り口で香草羊肉ソーセージを調達し、ほくほく顔で家路についたのだった。


「ただいま〜！」

鼻歌交じりに玄関を入る。誰もいないのはわかっているけれど、日本で暮らしていたときの習慣が抜けない。

――が、室内を見てぎょっとする。ソーセージの入った包みが音を立てて足元に落ちた。

誰もいないはずの家の床に、大きな黒い塊が倒れていた。


【薬師メモ】

四君子湯とは？

君子のように温和な作用を持つ四味（人参、白朮、茯苓、甘草）からなるため、四君子湯と名付けられたという。気虚に対する代表的処方。

・使用例：疲れやすく、やせて顔色が悪いものの胃腸症状。慢性胃炎、嘔吐、下痢など。

・原典：太平恵民和剤局方

6

ええと、これは解剖できるのかしら……？

未知の物体を見かけると条件反射的にそういう目で見てしまう。悪い癖だと自覚はあるので理性を総動員して抑えつける。自宅に心当たりのないなにかが転がり込んでいるのだ。緊急事態以外の何物でもない。

「鍵に傷はないわね。……いや、かけ忘れたのかも」

無意識にドアを開けていたけれど、思い返してみれば鍵を開けた記憶がない。出かけるときに施錠し忘れたため侵入を許した可能性が高そうだ。

「それで、これはなにかしら」

背中から射し込む弱い夕日は私の影を伸ばすばかりで光源としては機能していない。燭台に火を入れて灯りを確保し近づいてみる。

年季の入った床に蹲る黒い塊。

それはこの世のものとは思えないほど綺麗な男の人だった。

黒曜石のように深く鋭い輝きを持つ黒髪は非常に長く、腰の下まで天鵞絨のように広がっている。横向きに倒れているため顔は半分しか見えないけれど、それでもわかる恐ろしいほどに整った美貌。新雪のように1点のくすみもない白い肌、完璧な配置の少しつり上がった眉、高く通った鼻筋。艶のある長い睫毛が顔に影を落としている。

そして更に驚くことに、頭には流線型の角が2つ生えていて琥珀色のまばゆい輝きを放っていた。

身につけている衣類は南アジアを旅行したときに見かけた民族衣装に似ている。詰襟の黒い服に金の糸で施された複雑な刺繍。腰は太いベルトでマークされ、長い裾の切れ込みの間からとんでもなく長い脚がくの字に曲がって見えている。

なんて美しいひとなんだろう。27年の人生において、こんなにも完成された造形を私は知らない。

この世界に来てから角があるひとを見たのは初めてだ。けれど、不思議と怖さは感じない。例えるならば芸術品を観賞しているような感覚だろうか。あまりの美しさに、本来感じるべき感覚が圧倒されているのだ。

私は彼から視線を外すことができなかった。魅了されてしまったかのように、なぜだか強烈に惹きつけられていた。

呆然として眺めていると、あることに気が付いて我に返る。男性は荒く肩で息をしており白い顔は青白くも見える。――とても具合が悪そうだ。

そう認識した瞬間、異常なほどに心臓が大きく波打つ。手足が細かく震え、さあっと頭から血の気が引いていく。

「ああ、まずい……」

さっとしゃがんで貧血を起こさないような態勢をとる。膝を抱え自分で自分を抱きしめ、震えが落ち着くようにひたすら祈る。どっと頭と背中に滲(にじ)んだ汗で暑いのか寒いのかわからなくなっていく。

「大丈夫、大丈夫……」

言い聞かせるように何度も呟く。体調ではなく言葉を発することに意識を逸(そ)らす。しばらくじっとしていると発作的な症状は落ち着いてきた。不思議なことに、この症状は最初の一波が過ぎれば2度は起こらない。壁に手をついてゆっくりと立ち上がる。まだ手足は震えているけれど、もう大丈夫だという感覚があった。

男性の後ろ髪にはなぜか生卵がべったりと付着していた。それは半ば乾いており、綺麗な髪がそこだけカピカピになっていた。

……なんだかとっても訳ありそうな感じがする。私は彼の隣に膝をつきバイタルを確認する。

「体調を崩して行き倒れてしまったのかしら。脈は……少し速い。熱が高いわね」

市場の向こうまで行けばおじいちゃん医師の診療所があるけれど、時間も時間だし呼びに行くことは現実的でない。トロピカリは基本的に治安がいいけれど、夜盗や人さらいが出たという話もたまに聞く。命に関わる容体ではなさそうだし、ひとまず今夜はここで面倒を見ようと決める。

生憎(あいにく)この家にベッドは1つしかない。うんしょ、と腹に力を入れて男性を担ぐも身長が高いので上半身しか持ち上がらない。長い脚を床に引きずりながらベッドまで運ぶ。

「ふぅ……ふぅ……重い……っ！　えいやあっ！」

どうにかベッドに転(の)がし、水を張った盥(たらい)と布を用意する。

顔にかかった髪を退けると左右対称に恐ろしく整った顔が現れ、ひゅっと心臓が縮み上がった。

美男(イケメン)耐性のない私は少々居心地の悪さを感じつつ、髪の毛に付いた生卵を拭き取っていく。カピついたそれはなかなか取れなかったため、美容室のように髪をベッドの後ろに流し、盥に浸しながら丁寧に洗った。

濡(ぬ)らした清潔な布を、熱を持ったおでこに乗せる。

「誰だか知りませんが、早くよくなってくださいね」

角があるからには人間ではないのだろう。

しかし、彼が何者であっても私は薬剤師として助けるまでだ。

病気は嫌いなのだ。みんなが健康で笑っているのがいい。だから私は薬剤師になったんだもの——。そう昔のことを思い出して懐かしくなった。


その晩、床に毛布を敷いて寝た私は久しぶりに夢を見た。いつもと違う寝心地だったからか、あるいは病人を目の前にしたからか。脳裏に描かれたのは私がお母さんの看病を始めたころの記憶だった。

お母さんが乳がんになったのは私が中学3年生、お姉ちゃんが高校3年生のとき。職場の健康診断で再検査となり、大きな病院を受診して確定診断がつき、あれよあれよという間に入院になった。

うちにはお父さんがいなかった。正確に言えば、いなくなった。ある日を境にお父さんは突然家に帰ってこなくなったのだ。それは私が小学校低学年のころだったから、理由はわからない。お母さんは涙に濡れた顔で無理に笑顔を作り、「捨てられちゃった」と一言だけ絞り出した。嗚咽に肩を揺らしながら私たち姉妹を強く抱きしめてくれたことは鮮明に覚えている。それ以来家族3人で支え合って暮らしてきただけに、お母さんの病気は青天の霹靂だった。

怖かった。

すごく怖かった。

お父さんに続いてお母さんまでいなくなってしまうのかと。当時の私は「がん」というだけで不治の病のように思っていた。お母さんはこのまま死んでしまうのではないかと思い込み、お姉ちゃんと一緒に大泣きした。

そんな私たちの頭をお母さんは優しく撫でて「大丈夫。お母さんはあなたたちを残して死んだりしないよ。2人がお嫁に行くまでは安心できないからね」とおどけて声を掛けてくれた。その優しさがかえって辛かった。

3日3晩は学校にも行けず泣き続けたと思う。そして、涙が涸れて出なくなった私はなにかが吹っ切れていた。絶対にお母さんとこの家の幸せを守るんだと、そういう気持ちになっていた。

お母さんに代わって掃除に洗濯にと家のことを率先して担当した。毎日着替えを持ってお見舞いにも行った。お母さんは私が働き者になったことを喜んでくれた。「安心して入院できるわね」と褒めてくれたことが嬉しくて、もっと頑張ろうと思った。

その一方で、お姉ちゃんは家に帰ってこなくなった。友達の家を転々として遊んでいるようだった。作り置きした料理が減っていると、ああお姉ちゃんが帰ってきたんだなとわかるのだ。

多分、お姉ちゃんは怖さが吹っ切れなかったのだと思う。お母さんの病気と向き合うのが恐ろしかったんだと思う。直接そう言われたわけではない。でも、ただ1人の姉だから、考えていることはなんとなくわかった。

でも、私はそれでよかった。お姉ちゃんが楽しそうにしてくれていることが嬉しかった。みんなが辛い思いをする必要なんてない。逃げたいなら逃げてもいいじゃないかと。家事は私がするし、お見舞いだってひとりで十分。なにも問題はない。たまに様子を見に来てくれていた近所のおばさんにも、笑顔でそう答えていた。

お母さんは手術をして退院したけれど、その後再発や転移が見つかって入退院を繰り返すようになる。抗がん剤の副作用でお母さんは弱っていった。治療を続けるうちに私は高校生になった。

高校生になっても、お母さんの看病と家のことを中心に過ごしていた。

放課後友達と遊ぶこともなく帰宅し、休日も家事と勉強をして過ごす。お母さんが入院しているときは、単発のアルバイトを入れて厳しい家計の足しにした。

そんな私を見て、ある日お母さんは言った。「星奈。今度の日曜日、お友達と遊んできなさい。お母さんは大丈夫だから」と。

心を動かされなかったと言えば嘘になる。みんながどこどこへ遊びに行ったという話を聞くと羨ましい気持ちになっていたのは事実だから。

けれども、具合の良くないお母さんを自宅にひとりにしていいのだろうかというためらいもあった。その気持ちを見透かすように、お母さんは再度「いつも星奈には我慢させちゃってごめんね。本当に大丈夫だから」と背中を押してくれた。

結局、私は初めて友達とテーマパークに行くことになった。日曜の朝、お母さんは微熱があったけれど、大丈夫だというので家を出た。

気が付くと日はすっかり暮れていて、丸一日時間を忘れて遊んでいた。珍しい動植物の展示やアトラクションなどを楽しみ尽くし、お土産を買って帰宅した。

——けれども。帰宅して目に飛び込んできたのは、暗い廊下に倒れるお母さんの姿だった。

慌てて駆け寄り呼び掛けるも、ぴくりとも動かない。手足は氷のように冷たく脈があるのかもよくわからない。蒼白（そうはく）な顔で口が少しだけ開いており、身体はだらりとして脱力していた。

どうしよう、どうしよう。お母さんが死んでしまった——！

高鳴る鼓動に合わせるように、だんだんと意識が遠のいていく。自分まで倒れそうになるけれど、しっかりしろと叱咤（しった）する。靄（もや）のかかる頭と激しく震える手で１１９番通報した。駆け付けた救急隊によってお母さんは病院へ搬送された。

待合の椅子で震える私のところに、しばらくしてお医者さんがやって来た。

「佐藤さんのお子さんかな？　お父さんはいつ来られそう？」

「あ……。ち、父はいないんです。あの、母は」

からからの喉から裏返った声が出る。お医者さんは気の毒そうな顔をして、少し逡巡したのちこう言った。

「……お母さんは敗血症性ショックという状態だ。抗がん剤で免疫が落ちたところに菌が感染してしまったことが原因。治療しているけれど……救命できるかどうかは正直分からない」

　あっという間に目の前が真っ暗になり、私の記憶は一旦そこで途絶えている。


　その後、幸運なことにお母さんは一命をとりとめた。けれども私の心は後悔の気持ちに覆われていて、晴れることはなかった。

　私は自分を責めた。どうして遊びに行ってしまったんだろう。いつものように家にいればお母さんの異変にすぐ気付けたのに。いや、朝に微熱があった時点で病院に連れて行っていれば――。考えの甘さや外出に浮かれていた自分に腹が立った。

　倒れるお母さんの姿を思い出すと胸が苦しくなった。しばらくは悪夢に魘されたりもした。その日からお母さんが乳がんの寛解を告げられた日まで、私は1分たりとも自分のために時間を使うことはなかった。

病気が寛解したと知り、お姉ちゃんも家に帰ってくるようになった。私も奨学金を借りて無事大学に合格し、ようやく家族3人で以前のように穏やかな毎日を過ごせるようになった。

どうにか2人を守ることができたことに、重くのしかかっていた肩の荷が下りた心地になった。

困難を乗り越えたことで私は強くなれたと思う。少々のことではへこたれなくなったし、動じなくなった。強い意志を持って全力で取り組めば必ずいい方向へ向かう。この先の人生どんな困難があろうとも、きっと私は乗り越えられると思うのだ。

——そう、だから私は乗り越えてみせる。病人を前にすると体調が悪くなるという症状だって、きっと克服できると信じている。

なぜこうなってしまったのか。大学5年生で行う病院実習で倒れて発覚したこの症状。診察したお医者さんはこう言った。「佐藤さん。あなたは自分が思っているより疲弊しています。頭と心は大丈夫だと言うかもしれませんが、身体が悲鳴を上げていますよ」と。

説明を要約すると、お母さんの病気に端を発する様々な辛いことがトラウマになっていて、病人を前にすると身体が拒否反応を起こしてしまうのだろうということだった。

一連の出来事は、自分の中では既に過去のことになっている。自覚がなかっただけに驚いた。

これから薬剤師になるのに病人を前にすると具合が悪くなる。致命的な欠陥を抱えてしまい落ち込まなかったわけではない。けれども、周囲が心配するほど絶望したわけでもなかった。きっとこの症状にも私は打ち勝てるだろうと、根拠のない確信があったからだ。諦めなければ、歯を食いしばれば、いつか必ず光が見えることを私はもう知っていた。

なにも病院や薬局に勤めることだけが道ではない。製薬企業に就職し、薬の開発を通して人々の健康の役に立とうと決めたのだった。

7

翌朝。

穏やかな小鳥の鳴き声でふわりと意識が浮上する。湖に面した窓から陽の光が射し込んで気持ちがいい。硬い床で寝たためか若干の疲れを感じるけれど、これくらいなら問題ない。

「うぅ〜〜〜ん！　……ふぅ」

渾身の伸びをして身体をほぐし、ベッドを横目で見る。男性はまだ目覚めていないようだ。体調はどうだろうかと顔を覗き様子を観察する。

きめの細かい白い肌にはじっとりと汗が滲み、頬は赤みがさしている。明るい場所で見る顔はやはり恐ろしいほどに整っていた。

失礼しますと断りを入れ、少し緊張しながらおでこを触る。ひどく熱い。

「熱があって、汗もびっしょり。脈は洪大、舌は黄色くて乾燥、と。1晩寝ても容体に変わりなしか……。薬を飲ませたほうがいいかもしれないわね」

病人と接して具合が悪くなるのは最初の1回だけ。今は普通に手足に力も入るし貧血を起こす不穏な感じもない。大丈夫、やれるわ。

おでこの濡れ布を取り替え、顔や首などできる範囲で身体の汗も拭き取る。薬で楽になるといいのだけれどと思いつつ、隣の部屋に移動して白衣を羽織る。

男性を寝かせているのが寝室兼居間。実は隣にもう1部屋あって、そちらは調剤室にしている。

「清熱瀉火剤の適用かしら。今ある材料で作れるのは……」

目の前には私の自慢の薬棚。トロピカリに来てから少しずつ作った生薬の瓶がずらりと並んでいる。

何往復か眺めたところで考えがまとまった。

「…………白虎湯にしてみよう！」

白虎とは中国の神話に登場する青龍・白虎・朱雀・玄武の四神の1つであり、四季では秋を表すという。次第に涼しくなる季節であり、熱を抑制する意味がある。要するに、熱を清して潤す感じの漢方薬なのだ。

「えーと、石膏、知母、粳米、甘草を用意してと」

ひとまず2日分を調合しておこうか。それぞれの薬瓶に匙を入れて分量を計り取り、「舟」と呼ばれる自作のトレイに1日分を分配する。

舟に乗せられた1日分の生薬を目の細かい網に詰める。これを薬缶で30分ほど煮出せば完成だ。

「これでよし、と。ついでにスープも作っておきましょうか」

具材は冬瓜と牛蒡にしよう。喉の渇きやほてりにいい薬膳だ。

「味はよくないですけど、我慢してくださいね」

飲みやすい温度に冷ました白虎湯を一匙すくい、男性の口元に運ぶ。匙が唇に軽く触れると僅かに開いたので、今だと思って遠慮なく流し込む。

流麗な眉がひそめられたけれど、目を覚ますことはなかった。よほど辛いのだろう。

私は静かに薬の投与を続けた。

特に何事もなく昼になったので、仕事をすることにした。

診療所に男性を連れて行こうかと悩んだけれど、今にも雨が降り出しそうな空模様である。雨のなか高熱の病人を台車に乗せて移動させることは控えたほうがいいだろう。

薬を飲んだことだし数時間は様子を見て、悪化するようであれば往診を頼もうと決めた。

調剤室で生薬の加工や調合をしていると、ほどなく軒先から雨だれの音が聞こえてきた。出かけなくてよかったわと胸を撫で下ろす。

2時間ほど経過したところで休憩しに居間に戻ると、ふと声を掛けられた。

「世話をかけたようだな」

「ひゃっ!?」

完全に油断していた。集中するあまり男性の存在を失念していたため、びくりと身体が揺れる。

男性はベッドから上半身を起こし、深く青い瞳で静かにこちらを見ていた。

「あぁっ、はい！　目が覚めたんですね。大丈夫ですか？　昨日この家で倒れているのを見つけまして、具合が悪そうでしたので看病させてもらいました。……お水飲まれますか？　たくさん汗をかいてますから水分補給したほうがよろしいかと」

「……そういうことだったのだな。すまない。もらおう」

腹に響くような低音の声。寝顔の時点で十二分に整っていたけれど、こうして目を開けて言葉を話す姿はまさに絶世の美丈夫としか言いようがない。切れ長の青い瞳は漆黒の長い睫毛で縁どられ、高い鼻筋と薄い唇は芸術品のように精巧だ。

触れたら壊れそうなくらい完璧な美貌に加え、今は発熱により紅潮した顔と乱れた襟元が壮絶な色香を漂わせている。

目の前にしているだけで酩酊しそうだし、心臓がやたらとドキドキしてくる。

今までに感じたことのない体調の変化を受けて、これはなんだろうかと不思議に思う。

もしかして、なんらかのフェロモンが出ているのかしら？　通常は同種の動物間での情報伝達や行動の誘発に使われるけど、ここは異世界だしそうとは限らないかも。でないとこんな急激に全身が熱くなってドキドキするなんておかしいもの！

少し経つと身体の変化は落ち着いていった。やはりなにかに当てられただけだったようでほっとする。

男性は渡した木製のコップから一気に水を飲み干した。おかわりを尋ねると欲しいというので更に2杯提供した。

喉が潤ったらしい男性は先ほどより落ち着いた様子でこう言った。

「突然邪魔したにも関わらず対応してくれて助かった。……回復にはあと少し掛かるだろう。すまないが、今日もここで過ごさせてもらえないだろうか」

表情は硬いものの言葉は丁寧で、困っている様子が伝わってくる。

「ここはトロピカリの外れにある小屋ですから、おもてなしはできないですよ。それでもいいのでしたら構いませんけど……」

少し思案してから答える。角があって普通の人間ではなさそうな男性だけれど、話した感じは紳士的。一応女性1人暮らしなので防犯には気をつけているけれど、彼は危ない輩ではなさそうに感じる。動けるようになるまでということであれば、薬師として面倒を見てもいいかと思う。

「問題ない」

男性はふぅと短くため息をつき、静かに背を倒す。そしてゆっくりと瞼を閉じた。

まだ相当しんどそうである。荒く上下する胸元の毛布を見て気の毒にと思った。

その晩も私は床で眠り、時折男性の様子をうかがってはおでこの濡れ布を取り替え、布団を掛けたり退けたりと、できる限りの看病をしたのだった。

【薬師メモ】

白虎湯とは？

白虎湯の他にも四神の名がついた漢方薬がある。小青竜湯、真武湯（玄武湯）、十棗湯（朱雀湯）。

・使用例：熱症状や激しい口渇があるもの。糖尿病の喉の渇きや熱中症にも応用される。
・原典：傷寒論

8

翌朝。いつもの時間に自然と目が覚める。

我が家の間取りは１ＬＤＫ。古いけれど広さはある。

居間にあたる部屋にはベッドとテーブル、収納家具があり、もう１部屋を調剤室としている。お手洗いはいわゆる汲み取り式で、お風呂はないので簡易五右衛門風呂のようなものを家の裏手に自作している。

まだ寝ている男性を起こさないように足音を殺して外に出る。雨は上がって快晴だ。あたたかな日差しがきらきらと湖の水面に反射して眩しい。朝の澄んだ空気を胸いっぱいに吸い込めば自ずと元気が湧いてくる。

湖のほとりにしゃがみこみ、両手で水をすくう。顔に触れるとひんやりと冷たくて気持ちがいい。

ふと、水面に映る自分の顔と目が合う。

もっさりした天然パーマの黒髪に、長い前髪から覗く焦げ茶色の目。首元がよれたクラスTシャツは物悲しく、一言で表すなら「地味」である。おしゃれとは無縁で27年間真面目に生きてきた姿だ。

　いつもと同じように髪を水で撫でつけ、櫛で丁寧に梳いて朝の支度を終える。

　調剤室で着替えをして居間に戻ると、男性は起きていた。

「おはようございます。具合はどうですか？」

「ああ、昨日よりはいい。起き上がれそうだ」

　彼はゆっくりとベッドから身体を起こし、そのまま立ち上がった。

　いざ目の前で並んでみると彼はとても背が高かった。１５９㎝の私が首を垂直に曲げるほどの高さだから、少なく見積もっても１８５㎝はありそうだ。すらっとしているけれど体軀の厚みはあり、鍛えているような印象を持った。

　そしてやはりとんでもない美貌を持っていた。すっと引かれた眉と鼻筋は彫刻のようで、長い睫毛に白磁の肌は繊細な芸術品のようである。美しすぎてある種の圧倒的なオーラと気迫すら感じられた。年季の入ったぼろぼろの小屋において、彼は非常にミスマッチな存在だった。

　ただならぬ人物なのだろうな、という感覚を全身で感じたけれど、患者をあれこれ詮索することはよくない。私は平静を装って提案する。

「スープでも飲みますか？　野菜をふんだんに使い、体調に合わせて作る薬膳スープです」

「……もらおう。手厚い看護に感謝する」

「わかりました。では食事している間に調合をしますね」

少し屈(かが)んでもらっておでこの熱を確認する。脈と舌の様子も見せてもらい、どの薬にしようか思案する。

熱は下がり、汗も引いた。一方で顔色は白く表情にはだるさが滲み出ている。動悸とふらつきがあるという訴えから、症状の山を越えたことで疲労が目立つ状態と考えられた。……この様子だと十全大補湯(じゅうぜんたいほとう)がいいだろうか。

スープと十全大補湯の提供を済ませ、私も椅子に座った。それを待っていたかのように男性が口を開く。

「世話をかけてすまなかった。見知らぬ男が家の中で倒れていて、さぞ驚いたであろう」

男性は労(ねぎら)いの言葉を掛けてくれたうえで、改めてじっと私の目を見た。

「わたしの名はデルマティティディス。そなたの看病に礼を言う。ありがとう」

硬質で低い声。お礼を言われているだけなのに背筋がぴんと伸びる。加えて射抜くような瞳で見るものだから、反射的にどきりとして目を泳がせる。

「いっ、いいえ、大丈夫ですよ！　確かにびっくりはしましたけど、お気になさらず。あ、私は薬師をしているセーナといいます」

「そうか、セーナというのか。……そなたが作る薬はわたしによく効いたようだ。いくらか持ち帰りたいのだが、よいだろうか？」

「あっ、それはもちろん大丈夫です。引き続き飲んでいただいたほうが病み上がりの身体にはいいと思いますよ。全部お持ちください」

調剤室から十全大補湯を持ってきて机にずらりと並べる。

「すまない。……代金はこれで事足るか？」

デルマティティディスと名乗った男性は腰元をごそごそして無造作に硬貨を取り出す。二度見するような量の金銀を見て、思わず目玉が飛び出た。

「いやいやいや！　これは多すぎますよ、庶民1年分の生活費ですよ！　いいんです、人助けのうちですから今回お代は結構です！」

「だがしかし………」

彼は周囲をちらちらと見てなにか言いにくそうにしている。ああ、家が古いから貧乏だと思っているのだろうか。デルマティティディスさんは随分と気の回るひとのようだ。

「ご心配には及びません。見ての通り綺麗とは言えない家ですが、日々暮らすお金は間に合っているのです」

薬師業が順調なのでそこそこ貯金もできているくらいだ。自分ひとり暮らす分には不自由していない。けれど、彼は眉をひそめるばかりだった。

「厚意には感謝する。しかし対価を払わぬというのはわたしの選択肢にない。金が足りているというのなら別のものでも構わないから、遠慮なく申してみよ」

「別のもの、ですか」

なにかあっただろうか？　首をひねって思案してみるけれど、全く欲しいものが思いつかない。調合道具も解剖道具も、スケッチの画材だって自分で買えるのだから。

……お金で買えないものでもいいのだとしたら？

そこに行きつくと、自然と思い浮かぶものがあった。

「でしたら、よかったらまた来てくれませんか？　いつもひとりでいるので、お友達というか、話し相手が欲しいと思うことがあるのです」

調合や解剖で日々充実はしているし、市場に行けばサルシナさんや馴染み(なじ)の店の従業員と会話はできる。けれど友達という友達はいないのが現状だ。誰かと一緒にゆっくりお茶を飲むような時間があったら楽しいだろうなと思うことがあった。

デルマティティディスさんは礼儀正しいし、危ない人物ではなさそうだ。話が合うかどうかは少々疑問だけれど、それはそれで私の知らない世界を知ることができそうでいい。

それに――仲良くなったら、もしかしたら角に触らせてくれるかもしれない。角がどういう仕組みなのか、実はものすごく気になっている。看病中も触りたくて仕方がなかったけれど、必死に我慢していたのだ。

また来てほしい、という言葉を聞いたデルマティティディスさんは綺麗な瞳をぱちくりとさせていたけれど、ふっと僅かに口角を上げて表情を崩した。

「そなたがそう言うのなら、分かった。頻繁には来られないが善処しよう」

初めてデルマティティディスさんが笑った！　完璧な美貌から生まれたそれはどこか幼さを感じさせるもので、すごく意外な表情だった。

そのまま彼は立ち上がり、しなやかな指をパチンと弾く。次の瞬間彼の周りに猛烈なつむじ風が巻きおこった。

「うわっ、なにっ⁉」

ばたばたと激しく太腿を打つスカートを右手で押さえ、左手で頭を守る。空気を切り裂く少し高い音と乱気流のような猛烈な風に翻弄される。

ぎゅっと目をつむって耐え忍ぶ。

突如発生した竜巻は、突如として立ち消えた。空気が凪いだことを感じて恐る恐る目を開けると、彼は姿を消していたのであった。

【薬師メモ】

十全大補湯とは？

十全とは「少しも欠けたところがない」の意味。気血を大いに補う処方。

・使用例：病後、術後、慢性疾患による体力低下。疲労倦怠(けんたい)感が著しく、食欲不振、貧血などを伴うもの。抗がん剤使用時の体力維持にも応用される。

・原典：太平恵民和剤局方

第二章　2つの秘密

1

「消えちゃった……。魔法……、なのかしら？　この世界に来て、そういうのは初めて見たわね」

ブラストマイセスの文化や産業の発展度、建物の感じは私の知る言葉で表すと中世ヨーロッパというのが最も近い。自分の知識や経験が通じるところもあれば、大きく違うところもある。人々の髪や目の色は派手だし、見知らぬ動物や道具もちらほら見かける。通貨や数量の単位も違っていて、地球生まれ日本育ちの私からするとまだまだ未知の世界だ。

だから先ほど目の当たりにした魔法のようなものは、ひょっとしたらみんな使えるのかもしれない。わざわざ披露する機会がないだけで、能力自体は当たり前に存在しているのかも。もしほんとうに魔王様が治める国なんだったら魔法というものがあっても違和感はない。

――私も魔法が使えるとしたら癒しの魔法がいいかな。薬剤師らしくね！

素敵な想像をしながら机の上に残されたコップやスープの皿を片付ける。

「……それにしても、話し相手になってほしいだなんて大胆すぎたかしら。久しぶりに誰かとゆっくりお喋りができてすごく楽しかった。だからそんなお願いをしちゃったのかな」

私はひとりでも寂しさを感じるタイプではない。けれど、角への興味をさて置いてもなぜだかデルマティティディスさんのことをもっと知りたいと思ったのだ。

「でも、こんなところにほいほいと来られるわけないよね。すごくきちんとした身なりをしていたし、口調も町の人とは違ってた。お貴族様とか偉いひとなのかもしれないわ。また来るって言ってくれたけど、社交辞令だろうなぁ」

サルシナさんが教えてくれたところによると、ブラストマイセスには貴族と平民という2つの身分が存在する。各領地の中央部分に貴族街があり、それを取り囲むように市場や平民街があるのだとか。トロピカリは特殊で老後のセカンドライフとして貴族も自ら農業をしているけれど、他の街の貴族は税収で優雅に暮らすのが普通だとも。

洗い終わった皿を拭いて棚に戻す。

「ま、期待はしないでおきましょう。ささ、今日の予定をこなさなきゃ！」

既に昼刻となっていたので、急いで支度をして市場へ向かった。

今日も賑やかなトロピカリの市場。人々の表情は明るく、この国の平和をうかがわせる。貴族であろう上品なご老人でさえ作業着を着てうろうろしているのが微笑(ほほえ)ましい。

流れるプールのように人がごった返す大通りを抜けて1本道を入る。赤い天幕を張った露店の前で足を止めた。

「ライ！　こんにちは。卵を10個とお肉を２００パームちょうだいな」

「おう、セーナか！　相変わらず冴えない面してんな。今包むから待ってろ」

ニカッと爽やかな笑みを浮かべるのはライ。貴族のお屋敷にも商品を卸しているこの老舗鶏店の店員だ。

彼は18歳になる人懐っこい青年で、白銀の長い髪を高い位置でポニーテールにしている。ミドリムシのように澄んだ緑の瞳はいつも好奇心に溢れていて、目を引く整った顔立ちや無邪気な笑顔に魅かれる女子は多そうだ。

そんな彼は、私が突然トロピカリに現れたときに町の皆さんを説得してくれた恩人でもある。明るく面倒見がいいライは人望がある。

ライは私の冴えない容姿をからかってくるけれど、嫌な感じはない。それは彼に悪意がないからだ。生意気な弟にいじられている感覚に近い。だから気にせず姉のような気持ちでやり過ごすことにしている。

そういうわけで、市場に鶏屋はたくさんあるけれど私はライのいる店を贔屓にしている。決してヒヨコをもふもふさせてくれるからではない。

「ヒヨコしゃ〜〜ん。元気ですか？　どうしてこんなに可愛いのかな君たちは……。けしからん、実にけしからんですよ。今日もオヤツを持ってきましたよ、さあどうぞ！」

　軒先の木箱にみっちり入ったヒヨコたちに駆け寄り、スープに使った野菜の切れ端を差し出す。

　もともと動物は好きだ。研究者時代はペットショップへ癒されに行くのがささやかな趣味だった。ペットショップで餌付けはできないけれど、ここでは違う。ライに許可をとっているから好きなだけオヤツをあげてモフれるのだ！　万歳っ！

「またやってんのかよ……。ほら、これ卵と肉。あんまりいじりすぎるとヒヨコは死ぬぞ。弱っちいからな」

「えへへ、ごめんごめん」

　そんなやりとりをしていると、どこからか蚊の鳴くような細い声が聞こえてきた。

「……ライおにいちゃん……」

「……？」

　声のするほうに目を落とすと、ぼろぼろの汚れた服を着た少年がいた。年長さんほどの背丈だけれど、紫色の髪の毛は艶がなくぼさぼさ。破れた裾から覗く手足は骨が浮き出るほどひどく痩せている。明らかに栄養状態が悪い。

　少年を見たライは申し訳なさそうに眉を下げる。

「ああ、ジャックか。ごめんな、今日は余りが出なさそうなんだ。骨と皮でよければやれるんだけど」

「じ、じゅうぶんです。骨と皮、ください……」

少年は地面に膝をつき頭を下げた。彼の下からくぅ、と腹が鳴る。聞かれてはいけないものを聞かれたかのように、彼は慌てて腹を押さえた。

こんな小さな子供がぼろをまとい、空腹を抱え、そのうえ土下座をしているなんて！　見ているだけで胸が痛む。一体どういうことなのだろう。

「ライ、これはどういうことなの？」

急いで少年の腕を引いて立ち上がらせる。片手で摑んでも余りある二の腕の細さに愕然とする。どんな事情があっても子供にこんなことをさせていいわけがない。

「おいセーナ、俺を睨むなよ。お前何か誤解してるぞ」

ライは慌てて顔の目の前で両手を振り、事情を説明してくれた。

いわく、この男の子はジャックといい7歳になる。身体の弱い母親と2人で暮らしているが、母親が原因不明の病気に罹りとうとう寝たきりになってしまった。もともと貧しい家だったところに医者を呼んだためお金が底を突き、かといって幼いジャックを雇ってくれるところはなく、こうして食品店を回っては残り物をもらって食いつないでいるそうなのだ。

ジャックはしょんぼりと肩を落としながら話を聞いていた。

「す、すみません……。いつもライおにいちゃんは食べ物を分けてくれたり、僕がいじめられていると助けてくれたりしてるんです……」

「そうだったの。ごめんなさい、ライ」

「いいけどさ。お前ってけっこう熱いやつなんだな」

そう言ってライは店の奥に消え、再び戻ってきたときには手に袋を持っていた。

「ほらジャック。端切れで悪いけど、肉もちょっと入れといた。店長には秘密だぞ」

「あっ、ありがとうございます！　ありがとうございます！」

ジャックは大事そうに袋を受け取り、何度も何度も頭を下げた。

……でも。鶏の骨と皮、少しの肉なんて食事にならないわ。病気のお母さんに育ち盛りの子供。こんなに痩せてしまって、このままではいずれジャックまで病気になってしまう。

私もかつてお母さんを看病していたことがある。放っておくことなどできなかった。

「ねえジャック」

きょとんとするジャックの前に膝をつき目線を合わせる。

「これ、どうぞ。卵とお肉よ。あなたとお母さんにあげるわ」

先ほど購入した鶏肉（とりにく）と卵を籠から取り出し、彼の袋に入れてやる。

「え……？　どうして……？」

唖然（あぜん）として固まるジャック。どうして親切にしてもらえるのか理解できない様子だ。その態度から、この子が他の人から受ける態度はいいものではないのだろうと胸が痛む。

「あのね、私は薬師をしているの。もしよかったらお母さんを診せてくれないかな？　役に立てることがあるかもしれないわ」

「それはいい考えだ！　ジャック、診てもらえよ。セーナはこう見えてちゃんとした薬師だ。俺が保証する」

　こう見えて、というところが引っ掛かるけれど無視をする。ジャックはぱあっと表情を明るくしたものの、すぐに顔を曇らせた。

「でも、僕、もうお金がなくて。食べ物も買えないくらいだから……。薬師様の診察代なんて払えません……」

　ううっ。なんて健気（けなげ）な子なのかしら。もとよりお金をもらうつもりなどなかったので安心してほしい。ジャックの小さな頭に手を乗せてゆっくりと撫でる。

「お金はいらないわ。実はね、私も昔お母さんを看病していたことがあったの。だから少しでもあなたの役に立ちたいのよ」

　ジャックはほんとうにいいのだろうか、と半信半疑の表情でおろおろしている。

　今日はもう遅いし調合道具も持ってきていない。日を改めて訪問しよう。

「ジャック、明日あなたのお家（うち）に行ってもいいかしら？　ライ、確か明日はお店の定休日よね。よかったら一緒に付いてきてくれない？」

トロピカリに来て数か月。馴染んできたとはいえ、なかにはまだ私のことをよそ者という目で見る人もいる。ジャックのお母さんがどう感じるかわからないけれど、私ひとりだけでなく町で顔が利くライもいれば安心すると思ったのだ。

「ぼ、僕んちはだいじょうぶだよ……」

「俺もいいぜ。特に予定はなかったしな」

「よかった！　じゃあ明日の9時にここで待ち合わせね」

話がまとまったのでひとまず解散する。ジャックが去ったあと私は改めて肉と卵を買い直し、家路についたのだった。

2

翌日、約束の時間にお店に行くとライが既に待っていた。

「おはようライ。ごめんなさい、遅れたかしら」

「おう。いや、ちょうどだ。やることがなくて早く着いただけだから気にすんな」

「……いつもと印象が違うわね」

普段のライは白いシャツに黒いエプロンという鶏屋の制服姿。でも、今日は休日とあって私服姿だ。赤いチェック柄のカジュアルなシャツに細身のズボンを穿いている。ラフな格好が新鮮に映り、思わずじっと眺めてしまう。

「な、なんだよっ」

「いや、ライがおしゃれだからびっくりしちゃって。その赤いシャツ素敵ね。ライの銀色の髪によく似合ってる」

「おい、褒めても何も出ないぞ？　ってか、セーナは相変わらず地味だな。なんだよそのカブトムシ柄のワンピースは！　そんなもん一体どこで買うんだよ――」

照れ隠しなのか延々と憎まれ口を叩くライ。生意気だけど可愛らしいところが彼の魅力だわと微笑ましく思う。そうこうしているうちにジャックが来たのでさっそく彼の家に案内してもらった。

「お邪魔します」

「こんちは〜」

市場を抜けて平民街に入り歩くこと10分。路地を数本入ったところにジャックの家はあった。中に入ると室内全てが見渡せるくらい狭い。建物に三方を囲まれているせいであまり光が射し込まず、どんよりとした湿気の香りがした。

1つだけある窓に沿ってベッドが置かれ、薄陽の下に女性が横たわっていた。

「お母さん。ライにいちゃんと薬師のセーナねえちゃんが来てくれたよ」

ジャックがベッドに駆け寄ると、女性はゆっくりと顔を横に動かした。

「……………薬師様？」

青白い顔色にかさついた肌。目に光はなく落ちくぼんでいる。私を呼んだその声は声になっていなくて、吐息を漏らすような僅かな音だった。

どくん、と妙なリズムを心臓が打つ。速くなりかける鼓動。深く大きく深呼吸をして平常心を心がける。大丈夫、大丈夫。私はもうあのころに戻ることはない。なにひとつ辛く思うようなことなんてないんだから――。足の裏にぎゅっと力を入れて地面を踏み締める。

体調から意識を逸らすようにして女性の枕元に膝をつく。

「ジャックのお母様、こんにちは。私は薬師をしているセーナといいます。今日は診察に来ました。お加減を診ても大丈夫ですか？」

「あ……ありがとうございます……」

消えそうな声で返事をするジャックのお母様。起き上がるのも辛そうなので、横になったまま診察を行うことにする。傍らではジャックとライが息を呑んで見守る。

――診察をしてわかったのは、衰弱に加えてひどい貧血と出血症状があるということだった。下瞼の内側は真っ白、唇にも色がない。一方で歯茎には血が滲み、細い手足には無数の内出血が見られた。そうとお母様に伝えると、弱々しい声で状況を教えてくれた。

「私は昔からめまいの持病がありまして……寝込んでしまった最初のきっかけはひどいめまいだったんです……。それが回復しないうちに風邪をひき、そして今度は出血するようになりました……。次々に病が重なってこのようになってしまって……。可愛いジャックにご飯を食べさせることもできなくて、ほんとうにだめな母親です……」

つうと一筋の涙がこぼれ落ちて枕に染み込んでいく。ジャックは目を潤ませて今にも泣き出しそうなのに、懸命に我慢しているようだった。

病気の母親に、必死に気持ちを抑えて看病する子供。かつての自分の姿がフラッシュバックする。私もジャックのように唇を噛みしめて耐えていたっけ。泣き出しそうな日もあったけれど、お母さんの前では絶対に涙を見せないようにしていた——。

——ドクン。

唐突に心臓がペースを乱し私のコントロールを離れていく。手が、足が震える。頭のてっぺんから冷えてきて視界に白く靄がかかる——。まずい、倒れそう。

私は「ちょっと外で考えてくる！」とだけ言い残し、急いで表に出て地面に座り込んだ。

「っ、はあ、はあ、はあ」

嫌な汗が止まらない。膝を抱え込み自分で自分を抱きしめる。

こうしてしばらく休めば具合は元に戻る。いつものように心を無にするのよ星奈――。

「おいセーナ、いきなりどうしたんだよ？　顔が真っ青だし汗もすごいぞ」

私の様子がおかしいことに気が付いたのだろうか。いつの間にかライが隣に座り、私の背中をさすってくれていた。

「ごめんライ。大丈夫だから」

「大丈夫じゃないだろ。体調悪いんなら早く言えよ。別に次の定休日にしたってよかったんだし」

私を覗き込むミドリムシ色の瞳には動揺の色が浮かんでいた。真面目な面持ちで心配してくれるライの顔は端整で、あれっライってこんなに格好良かったっけなどと変なところに感心してしまう。

気持ちが少し逸れたからか、体調は急激に回復していく。その間もライは背中をさすってくれたり、水を持ってきてくれたりと面倒を見てくれていた。

「……ありがとうライ。だいぶよくなったわ。心配かけてごめんね」

結局迷惑を掛けるんだったら事前にライに話しておけばよかったと反省する。ライはじっと私を見たあと肩を補助して立たせてくれた。

「……今日はもう帰るか？　体調悪いのに調合するのは無理だろ」

「ううん、大丈夫。いつも最初だけこうなるんだけど、それがよくなればあとは平気になるの」

「……いつもってどういうことだよ」

怪訝な顔をするライ。

「なんだか昔のことがトラウマになっているみたいで、病人を前にすると具合が悪くなっちゃうのよ」

「昔って。お前、記憶が戻ったのか？」

「あっ！　う、うん。実は断片的に思い出したの」

そうだそうだ。時々忘れそうになるけれど、私は記憶喪失になって森に迷い込んだという設定になっている。ライにはいつかほんとうのことを打ち明けたいけれど、少なくとも今ではないと思った。

話に矛盾が出ないように気を付けながら、私は病人が苦手になってしまった経緯を告白した。その間ライは一言も口を挟まず、話は静かに最後まで進んだ。

「――というわけなの」

話を締めるとライははあと大きくため息をついた。そして私をぎろりと睨む。

「薬師なんて辞めりゃいいじゃん。他にも仕事はあっただろ」

「私は病気が嫌いなの。病気で奪われる幸せがあってはならないと思ってるわ。だから薬師になったたし、たとえ手足が震えて無様な姿になろうとも患者さんの役に立ちたいと思ってる」

そう。全ては病気のせい。病気というものが存在するから私の家族はばらばらになりかけた。お母さんもお姉ちゃんも辛い思いをした。私の大切なものを奪おうとした病気というものに抗う(あらが)ために私は薬剤師の道を選んだ。

でも、現実的には仕事のたびに毎日毎日倒れていては職場に迷惑が掛かる。だから病院や薬局ではなく製薬会社に就職し、新薬の研究をしていた。ブラストマイセスでの薬師業もすごくやりがいを感じている。こうして患者さんと直接対面して治療することだって怖くはない。乗り越えてみせる、克服できると信じているからだ。

それを聞いたライはふっと頬を緩ませた。

「やっぱりお前って熱いやつだな。羨ましいよ。俺にはそういう目標がないからさ」

「ライはまだ若いから、心配しなくてもこれから見つかると思うわ。大丈夫よ」

どうだろうな、と彼は頭を搔いた。

「ま、早く乗り越えられるといいな。応援してる。でも無理はするなよ」

思いがけない優しい言葉に目を見張る。

「あ、ありがとう」

……背中を押してもらえたのは初めてかもしれない。応援してる、その一言は思ってもみないほど私の心に温かく浸透していった。

身体の不調は、完全に元通りになっていた。

「それで、薬師のセーナ様。ジャックの母ちゃんはどうだ？　治りそうか？」

「もう少し診察をしてみないと判断がつきかねるわね。ライのおかげで体調も良くなったし、そろそろ戻りましょう」

持病のめまいとそれに続く風邪は寝込み体力を奪う要因として納得ができる。でも、貧血と出血症状の原因が不明だ。もっと情報が欲しい。

室内に戻るとジャックが台所に立って調理をしていた。昼食の準備だという。

昨日私が持たせた鶏肉に加え、青果店でもらったのか、腐りかけの野菜や草を細かく切り、鍋で煮て柔らかくしている。

7歳にしては手際がいい。包丁も危なげなく使えている。感心しながら手元や食材などを眺めていると、あることに気が付いた。

「……ジャック。その草を見せてくれる」

「えっ？　こ、これのこと？」

黄色い花をつけた高さ50cmほどの草だ。他の野菜と同様に少し腐っている。

「これ、いつも食べてるの？」

「う、うん。それはスイニーが食べる牧草なんだけど、余ったものをタダでもらえるんです。だいたい傷んでいるんだけど、もったいないから食べちゃいます……」

――そういうことだったのね！　胸にストンと落ちる。ジャックのお母様の病気の原因はここにあったのだ。

「私、お母様の体調不良の原因がわかったわ！」

　唐突なその言葉にジャックとライが身を乗り出す。

「えっ！　ほんとう⁉」

「まじかよ⁉」

「ええ。とにかくその草はもう2度と食べちゃだめよ。お薬を作ったら説明するから少し待っててね」

　全てが繋(つな)がる感覚。私は調合道具と生薬を詰めてきた鞄(かばん)を開き、漢方薬を調合し始めた。

3

「まずはご体調について整理しましょう。最初は持病のめまいで寝込み、そのあと運悪く風邪をひいて更に体調が悪化。出血や貧血症状が出始めたのはそれからですね？」

　尋ねると、お母様はベッドに横たわったまま弱々しく頷いた。

「わかりました。めまいと風邪は、おっしゃる通り不運が重なったのだと思います。もともとあまり身体が丈夫ではないとのお話もジャックから聞きました。季節の変わり目で身体に負担がかかったのでしょう」

「じゃあ出血は違うってことか？」

腕を組んで壁に寄り掛かるライの指摘に頷く。

「そういうこと。出血と貧血はこの草が原因よ」

先ほどジャックが調理しようとしていた黄色い花のついた草を３人に見せる。

「ここらへんじゃありふれた牧草だぞ。そんなことってあるのか？」

「この草はシナガワハギというの。新鮮な状態なら問題ないのだけれど、傷んで腐ったものを食べると身体の中で出血が起こるのよ」

かつて北アメリカで実際に起こった事件だ。腐敗したある種の牧草を食べた牛たちが相次いで出血死したというものである。調査の結果、牧草に含まれるジクマロールという物質によって血液の凝固が妨げられていたということが明らかになった。

研究者時代、何気なく目にした論文で得た知識だった。

「……！　じゃ、じゃあ……！」

言いたいことに気が付いたジャックが今にも泣き出しそうな声を上げる。残酷な現実を突きつけてしまって胸が痛い。

「……そう。あなたがもらってきたこの草を食べ始めてからだわ」

「ぼ、僕のせいだったの……！　お母さんごめんなさい……っ！」

　堪え切れず声を上げて泣き出すジャック。えっえっと小さな肩が上下し、見ているこちらも辛くなるような光景だ。

「ジャックはお母様のためを思ってやっていたことだもの。気にすることじゃないわ。ひとりで食材を集めて料理までして、ほんとうに頑張っていたと思うわ」

　そっと彼の肩を抱き大丈夫だよと優しく背中を叩く。ベッドに横たわるお母様も細い腕を伸ばしてジャックの頭を撫でる。

「……ジャック。いいのよ。あなたはなんにも悪くないわ……。母さんのためにありがとうね……」

　その言葉にジャックは一際大きな声を上げてベッドにすがりつく。お母様も苦しそうに顔を歪めてなにかを堪えているようだった。嗚咽と鼻をすする音が静かな部屋に響く。

　ジャックが落ち着くのを待って説明を続ける。

「……ですから、出血と貧血についてはこの草を食べなければ治まるでしょう。回復を助けるには青い葉物野菜を多く食べるといいです。持病のめまいについては漢方薬をお出しできますから安心してください。気力も体力も落ちているでしょうから、そのあたりをカバーするお薬も作りますね」

「おおっ、じゃあ万事解決ってことか⁉　すごいなセーナ！」

ライが弾んだ声を上げる。

「……セーナおねえちゃん……ありがとう……！」

「ほんとうに……ありがとうございます……なんとお礼を申し上げたらよいか……」

涙に濡れた2人の瞳が向けられる。ああ、この親子を助けることができてほんとうによかった。この瞬間、薬師として人の役に立てる意義のようなものを強く感じるのだ。

「それでね、ジャック。もう1つ話があるのよ」

「なあに？」

不思議そうな顔をするジャックに再びシナガワハギを示す。

「この草はね、殺鼠剤……鼠を駆除するお薬に利用することができるの。鼠が食べても出血を起こすからね。だから、もしジャックさえよければ殺鼠剤を作って売ったらいいと思うわ。お金を稼げるわよ」

言うなりジャックの顔がぱあっと明るくなる。みるみるうちに涙と鼻水は引っ込み、7歳とは思えないほど頼もしい表情になる。

「僕、やる！　さっそざい？　を作って頑張って売るよ！　そのお金でお母さんにお肉やお魚を買ってあげるの！」

「よし、それでこそ男だジャック！」

ライとジャックが拳と拳を突き合わせる。

「それでセーナ、お前は天才か？　殺鼠剤なんていう発想はなかったな。農家が多いからどこも大なり小なり獣害には悩んでるはずだ。絶対売れるぞ」

ジャックの頭をわしわしと撫でながらライが驚きで目を見張る。ふふふ、と微笑みながらおどけて胸を叩く。

……だって私は研究者だからね。だてに色々勉強してきていないわ！

心の中でそう呟き、さっそく殺鼠剤の作り方と漢方薬の服用方法を親子に伝える。ジャックは熱心に聞き取っていて、これなら任せられそうだとほっとする。

親子の家を出るころには夕方になっていた。

ライと連れだって家路につく。彼は私の調合道具や生薬が入った鞄を持ってくれている。自分で持てると言ったのだけれど、いいからよこせと奪われてしまった。ぶっきらぼうな優しさがライらしい。ありがたくお言葉に甘えることにした。

「……ねえライ。ジャックはしっかりしているけれど、殺鼠剤について悪い大人に利用されることがあるかもしれないわ。定期的に様子を見に行こうと思うけれど、あなたも気にしておいてくれない？」

ライは飾らない性格と面倒見の良さから町の若手のなかでも存在感があり、年長者からも頼りにされている。ジャックのことも守ってくれるだろう。

「そりゃもちろん。まだ7歳だからな、平気な顔してるけどまだ子供だ。……実はさ、俺には両親がいないんだ。それなりに苦労したからさ、ジャックが同じような境遇にならなくてよかった。ありがとなセーナ」

「そうだったの……」

ご両親がいないという話は初めて聞いた。明るい口調で教えてくれたけれど、深く尋ねていいものなのか。

私がためらっているうちに、ライはなんでもないように話題を転換した。

「お前が来てから2、3か月になるな。もう慣れてきたか？」

「もうそんなに経ったのね。おかげで問題なく生活できているわ。……あ。そういえば、ちょっと教えてほしいことがあるの」

「なんだ？」

「魔法みたいに風を出したりするのってみんなできるの？　あと頭に角があるのってよくあること？」

デルマティティディスさんの件で疑問に思っていたことを聞いてみる。ライは私がトロピカリに来たとき色々と教えてくれた人でもあるので、きっと疑問を解決してくれるに違いない。そういう理由で気軽に質問したのだけれど、途端ライは表情を強張（こわば）らせた。

「……お前、そういうやつに会ったのか？　正直に言え」

どこか緊張を孕んだ声。初めて見る硬い表情に心臓がどきりと震えた。

「い、いや会ったんではなく、うちの前を通りかかった旅の人がお喋りしてるのを小耳に挟んだというか。で、そういうひとがいるのかってびっくりして」

ライの権幕に気圧(けお)された私はほんとうのことが言えず、冗談のように紛らわせた返事をする。

「……ふーん？　その旅人がどこで知ったのか気になるけどな。いいかセーナ、魔法を使えるやつはほとんどいない。ごく一部の魔族は使えるらしいという噂はあるが、俺は見たことない。角だってそうだ、町のやつらは何も無いだろ？　無いのが普通なんだ。だからそいつはやばい。関わらないほうがいいやつだ」

気軽な質問がなんだか大事になってしまってあたふたする。

「ごめん、ライに心配かけるつもりはなかったの。わかったから、つい興味本位で聞いただけだから、そんなに怖い顔をしないでちょうだい」

「……分かったならいい。あと、この話はペラペラあちこちですんなよ。ただでさえお前は出所不明で怪しいんだから、立場悪くなるぞ」

はっきりわかった。ライは私を牽制(けんせい)している。この話は非常にまずいものだったようだ。

「わ、わかった。旅人さんたちが話してたことは普通じゃないんだね。他でこの話はしない。じゃ、じゃあもう帰るね！」

ちょうど市場の入り口のあたりまで来たので、逃げるようにしてライと別れた。

とぼとぼと家までの1本道をゆきながら、ライに言われたこととデルマティティディスさんの様子を思い返す。

……悪いひとには見えなかったけどなぁ。

琥珀色の大きな角と魔法のような力を持った彼。虫を殺すような力で私なんか捻り潰せるだろうと本能的に感じた。

でも彼は危害を加えるどころか終始丁寧だったし、薬のお金を払おうともした。危険人物にはどうしても思えない。

でも、ライの表情は本気だったわ。嘘をついているようには見えなかった。私が知らないデルマティティディスさんの一面があるのかしら……。

夕焼けが掘っ立て小屋への1本道を侘しく照らす。来るときはさかんに鳴いていた3本角のスイニーは畜舎に帰ったのだろう。あたりは静かで僅かに高い虫の鳴き声が聞こえるばかりだ。

なんとなく、ライにこのことを聞かなければよかったと思ってしまう。家に着くころにはひどく疲れていた。

今日はこのまま寝よう。鞄の片付けは明日でいいわ。

最低限の着替えと清拭だけ済ませてベッドに倒れ込み、私は目を閉じた。

【薬師メモ】
スイートクローバー中毒：1920年代、畜牛が立て続けに出血死するという事件が起きた。のちの調査により、牧草に使用していたスイートクローバーの腐敗により生じたジクマロールが原因と判明。ジクマロールは血液の凝固を妨げる働きがあり、これをもとに抗凝固薬ワルファリンが開発された。

4

しばらく穏やかな日々が続いていた。市場のお店に薬を卸したり、診療所のおじいちゃん医師に誘われて患者を診察したり。場数を踏むようになったことで、病人を前にすると具合が悪くなるという症状もコントロールできることが増えてきた。倒れてしまった日でも、事情を知っているライやおじいちゃん医師に励まされ落ち込まずに済んでいる。ひとりじゃないということはこんなにも心強いのねと、しみじみありがたく思っている。

乗り越えられるまであと少しなのではないか。なんとなくそんな感覚がしていた。

ある日、いつものように薬膳スープを作っていたときのことだった。

右手で鍋をかき混ぜ左手でお尻を掻いていると、忘れかけていた声がした。

「久しいな、セーナ。尻がかゆいのか？」

その声に心臓が跳ね、半信半疑で振り返る。

「こっ、こんにちは……っ！」

とても背が高いそのひとは、律儀に少し開いたドアの向こうに立っている。慌ててどうぞと入室を促すと少し屈みながら部屋に入り、こちらを真っ直ぐ見据えた。

堂々たる佇まい。背丈以上に存在が大きく見えるのは彼が持つ圧倒的なオーラと恐ろしいまでの美貌のせいだ。天鵞絨のような艶のある黒い髪に澄んだ海を思わせる涼やかな青い瞳。――デルマティティディスさんだ。

ほんとうに来てくれた……！

胸が熱くなる。前回彼が来て……というより行き倒れてから3か月も経っている。やっぱり社交辞令だったわね、と見切りをつけて過ごしていたところだった。

茶飲み友達、なんてお願いをしたけれど。彼は貴族かなにかだろうと思っていたし、そんな人物が再訪するわけがないと頭では理解していた。もし薬が必要になっても使用人を差し向ければ済む話なのだから。

だからこそ嬉しい誤算だった。心が溶けそうな喜びを感じながら急いで鍋の火を消す。

「来てくれたんですね！　嬉しいです」

自然と顔に広がる笑顔をそのままに彼をテラスへ案内する。今日は夏晴れでとても気持ちのいい陽気だから、外でお茶を飲むのもいいだろう。

——紅茶を淹れて自分も隣に座ってみたものの。なにを話したらよいか困ってしまった。私が話し相手になってほしいと頼んだのだから、話題の提供をすべきなんだけど……。

沈黙が気まずい。ジイジイと蟬（せみ）だけが鳴いている。

ライは関わるなって言っていたけど、こうして目の前にしてみても、やっぱり悪いひとには見えない。なにかしらの理由でいいひとの振りをしているにしても、前回の発熱は演技なんかじゃなかったし、私を騙（だま）すのが目的ならもっと簡単な方法を取ると思う。力だって美貌だっておそらく地位だって、なにひとつ敵（かな）わないのだから。

長い前髪の隙間からこっそりと彼の様子をうかがう。

彼はなんということもない顔をして湖を眺めている。柔らかそうな長い黒髪がそよ風を受けてさらさらと小さく動く。ただそれだけなのに絵画にでもなりそうなショットだ。私の目は自然と彼に縫い留められていた。

……すごく綺麗な瞳だわ。

デルマティティディスさんの目は澄んだ海のようにも見えるし、光の具合によっては夜空のように深い深い青色にも見える。一定の色味でないというのがどこまでも不思議だ。どれだけ見ていても飽きない、いっそ吸い込まれてしまいそうな美しい輝きだ。

――それにしても。デルマティティディスっていうお名前、長いわね。デルさんでいいかしら？

何気ない瞬間にこそ素敵なアイデアが思いつくものである。我ながらいいあだ名がつけられた。これより私は彼をデルさんと呼ぶことにする。もちろん心の中だけで。

そんなことを考えていると、彼と視線がかち合った。

「――――あ」

凝視してしまっていた気恥ずかしさから、ぱっと目を逸らして目前の机を見つめる。

どうしようどうしよう！　なんだかとても自分らしくない。男性と接して心を乱すなんて初めての経験だ。

もしかしてデルさんはほんとうにフェロモンを出しているのではないだろうか。そうであれば、前回と同様この動悸や魅了感の説明がつく。角があるし人間とは異なる生態なのかもしれない。

毎度彼と会うたびにこうなると困る。あとで身体調査をさせてもらえないかしら――。

必死に机の木目を数えて心を落ち着けていると、忽然と大きな影が落ちた。

あれ？　まだ夕暮れには早いけど……。

そう考えるのとほとんど同時に、右側からなにかが覆いかぶさってきた。

「でで っ、デルマティティディスさんっ⁉」

デルさんが私にもたれかかるようになっている。肩のあたりに麗しい顔があり、えらくいい匂いが漂ってくる。

心臓が止まるかと思ったのは刹那。今や飛び出さんばかりの速さで激しく拍動している。

「デルマティティディスさん、あの、よくないですよ。私たちは話し相手という関係ですから、このような距離感は必要ないと思います！」

話し相手という意味を彼はなにか勘違いしているのだろうか？　それともライの言っていた通り危険な人物で、私を取り込むために色仕掛けに出たのだろうか？

誤解があるならきちんと訂正しないといけない。類まれなる彼の美貌と立派な角に目を奪われたことは事実だけれど、それ以上でもそれ以下でもない。自分をアピールするために家に呼んだわけではない。ほんとうに世間話がしたかっただけだ。

そんな混乱をよそに肩にかかるデルさんの重みは増していく。

……まずいわ。このままでは力負けしてしまう。

「デルマティティディスさん、一旦離れてお話をしましょう！」

そう叫んで力いっぱいデルさんの身体を引き剝がそうとしたところ——彼は音を立てて椅子から崩れ落ちた。

5

「具合が悪いなら最初にそう言ってください！　いきなり倒れるから心臓が止まるかと思いましたよっ！」

「す、すまない……。ここに到着したときは大丈夫だったんだが、茶を飲んで気が抜けたのかもしれない」

急に倒れ込んだデルさん。慌てて抱き起こしてみれば燃えるように身体が熱かった。色仕掛けでもなんでもなく、ただ単に具合が悪かったようだ。前回と同じように担いで室内に運び込み、えいやっとベッドに放り込んだ次第だ。

しょんぼりとしてベッドに収まる彼の横に仁王立ちする。

「デルマティティディスさんって、立派な体格をしてらっしゃいますが虚弱ですよね。私も少し理解しましたから、今後体調が芳しくないときはきちんと申告してくださいね？　突然倒れると私も驚きますし、なにより我慢はお身体によくないです。ほら、薬を選定するので脈と舌を見せてください」

私の勢いに気圧されたのか大人しく従うデルさん。気まずそうに目を泳がせている。熱っぽいが、寒気もする。冷汗のようなものが止まらず身体に力が入らない。彼の訴えはこうだった。脈や舌の様子も加味した結果、表・寒・虚の状態だと判断。桂枝加黄耆湯をチョイスした。

薬を調合し、夕飯のパン粥と薬膳スープを提供するころにはすっかり日が暮れていた。時計を見上げるともう19時だ。そろそろ寝る支度をしないといけない。

農作業は朝のうちに済ませることが多いから、ブラストマイセスに来てからかなり朝型になった。五右衛門風呂で入浴を済ませパジャマに着替える。

デルさんはまだ具合が悪そうだからきっと泊まっていくだろう。前回と同じように私は床で寝ることにする。研究員時代は会社に寝袋を持ち込んで泊まり込むこともあったから、こういう状況は特に苦ではない。

「…………何をしている？」

ごそごそと自分の寝床を整えている私に、横になっていたデルさんが半身を起こして怪訝な声を掛ける。

「あっ、すみません。起こしちゃいましたか？　ベッドは１つしかないので私はここで寝ます。ああ、気を使わないでください。デルマティティディスさんは病人なんですから。私、昔からどこでも寝られるたちなんですよ。近くで転がっているのは気になるかもしれませんが、調剤室は衛生を保ちたいのでこの部屋で寝るしかなくて――」

「では、ふたりでベッドで寝たらいいだろう」

「…………は？」

一言絞り出すのに精一杯だった。目の前の男は固まった私の様子を見て意地悪く口角を上げる。

さっきまでしおらしくベッドに入っていたのに、どういう風の吹き回しなの!?

私の知るデルさんは礼儀正しくて親切なひとだったのに――。紳士たるイメージが音を立てて崩れていく。

砕けた態度は友人として大歓迎だけれど、いささか方向性がずれている。衝撃で動けずにいる私とは対照的にデルさんはひどく楽しそうだ。

「分かっているかもしれないが、わたしのこれは体質によるものだ。他人にうつる類いの病ではない。安心せよ」

「だとしてもおかしいですよ！　冗談が言えるほど元気になったのなら帰ってもらえませんか？」

思ったより大きな声が出た。

デルさんは女性の扱いなんて百戦錬磨で朝飯前なんだろうけど私は違う。27年の人生で男性経験と言えるようなものは皆無だ。大切なことなのでもう一度言う。皆無だ。

高校卒業まではそれどころではなかったし、大学は部活動や研究に打ち込んでいたから恋愛とは無縁の生活をしていた。「いつか結婚できればいいや。できなくても別にいいや」と、それぐらいの軽い感覚しか持ち合わせていない私は恋愛経験がなくて困ったことがなかった。そう、今この瞬間までは。

いくらなんでも好き同士でも家族でもない男女が同じベッドで寝るというのはおかしいだろう。それくらいは私にもわかる。

間違いない。私はからかわれているんだわ。冗談じゃない。デルさんの目に私がどう映っているのか知らないけれど、恋人でもない男性と共寝できるほど無神経ではない。

ぷいっとベッドに背を向けて自分の寝床に潜り込んだ。——はずなのに、ふわりと身体が宙に浮いた。

「ひゃっ⁉」

お、お姫様抱っこされてるっ！

ひゅっと胃が浮くような感覚。落ちないように慌ててデルさんの胸元の服を掴む。彼の胸は引き締まっていて安定感があった。かといって人生初めてのお姫様抱っこにときめきを感じる余裕はもちろんなく、予想以上の高さと焦りでどぎまぎする。

「ほら、隣。わたしに女性を床で寝させる趣味はない。前回もそなたは床で寝たのだな。すまない、気が付くことができなくて」

「あ、はぁ。それは別に大丈夫なんですけど……」

　優しい動作でベッドに降ろされる。

　私を床で寝せないため、か……。からかい方はともかく、根底は私に対する思いやりだったことに不思議な気持ちになる。

　有無を言わせない雰囲気に逆らえず、なるべくベッドの端に移動してデルさんに背を向け丸くなる。がさがさと寝具の音がしたのちすぐ隣に彼の気配を感じた。

　と、お腹(なか)にしなやかな腕が巻き付いた。

「転落しないように抱えておこう」

「あ、はい……なんかすみません」

　確かにこれはシングルベッドなのでデルさんと寝るにはとても狭い。うっかり寝返りでもしたら100％落ちてしまうだろう。

　……でもやっぱり。無理にふたりで寝る必要はあるんだろうか？　全然床でも寝られるのに。――とは言えなくて、私は完全に彼のペースに呑み込まれていた。

　悶々(もんもん)とする私の気持ちなど意に介していないデルさんは、飄々(ひょうひょう)とした声で就寝前の挨拶をした。

「おやすみ、セーナ」

「……おやすみなさい」

耳元で聞こえる穏やかな声に戸惑いながらも返事をする。

――背中越しに伝わる温かなぬくもり。胸の奥がきゅんと切なく締め付けられた。

なんだろう、この気持ち。しばらくじっとして自分の心に尋ねてみるけれど、よくわからない。

誰かと一緒に眠るという習慣は今も昔もない。そのうえ抱き枕にされてしまい落ち着かない気持ちでいっぱいだったけれど、存外早く心地よい空間になっていく。

ひとの体温って温かいのね。ぽかぽかしていて、思わずまどろんでしまうわ。

最後にひとの体温を感じたのはいつだったか。お母さんの乳がんがわかって大泣きした日、ぎゅっと抱きしめてくれた以来かもしれない。

そのときはぬくもりなど一かけらも感じられなかった。心を氷の刃で切り付けられたような痛みと悲しみ、喪失に対する恐怖に溢れていた。

あれから随分と長い時が過ぎた。こうして過去を過去として振り返ることができるくらいには私も大人になったんだろう。そしてひとのぬくもりを心地よく感じられるくらいには、自分の張り詰めた心は解けてきているのだろう。

――ああ、私はもう大丈夫なのかもしれない。唐突に気が付き自覚する。お医者さんが言っていた過去のトラウマというものを。

心の奥底がすうっと晴れてゆく。清新な空気が全身に行き渡ったような感覚だ。

名前のわからない穏やかな感情に包まれて、私はいつの間にか意識を手放していた。


ゆっくりと瞼を上げる。なにかにしっかりとくるまれているようだ。布団……だろうか？

さらさらした黒髪に包まれた視界に、ここはどこかとぼんやりと考える。

——と、昨夜の出来事に思い当たり急速に顔が熱くなる。そうだ、デルさんと一緒に寝たんだった！

男性に抱き枕状態にされて寝られるものかと憤慨したものの、どうやら私は「どこでも寝られる」という特技を遺憾なく発揮したようだ。念のために言っておくけれど、破廉恥なことはもちろん一切なかった。

ちらりと隣に視線を遣ると、面白そうな色を浮かべる青い瞳と目が合った。

「おっおっ、起きてたんですか⁉」

「おはよう。少し前に目が覚めたが、そなたを眺めて楽しんでいた。ははっ、実に興味深い顔をしていたな」

少し口角が上がると同時に、長い漆黒の睫毛に囲われた目が細められる。朝の澄んだ空気よりも爽やかな美丈夫がそこにいた。

……っ!!　来たわ、フェロモン攻撃だわ！

心臓がぎゅっと締め付けられ、反射的にがばっと飛び起きる。

まずい。早めにこの攻撃に対する対処法を見つけないと心臓がおかしくなりそうだ。

確かフェロモンの中には相手の感覚器官を乱し悪影響を与えるものがあったはずだ。デルさんが出すものも同種なのかもしれない。

「しし、失礼ですよ！　昨夜は不可抗力で一緒に寝ましたけど2度はありませんから！　デルさんがなんと言おうと私は床で寝ます。というか、この家で倒れて泊まるような事案を金輪際起こさないでください。顔洗ってきます！」

早口でまくし立ててバネのようにベッドから飛び出す。デルさんの顔を見ないように顔を背けて一目散に屋外へと駆け出した。

後ろから聞こえる笑い声を振り切るように、私は湖へ全力疾走したのだった。

【薬師メモ】

桂枝加黄耆湯とは？

・使用例：体力虚弱で汗が出るもの。風邪、多汗症、湿疹等に応用される。

・原典：金匱要略

6

今回のデルさんはなにかがおかしい。

一緒に寝ようと言ったり、今朝もスープ作りを手伝おうと申し出てきたりした。

こちらとしては話し相手になってくれるだけで十分なのだ。デルさんはお客さんなわけだし、あれこれされるとかえって落ち着かない。静かに座っていてほしいと思う。

今日の薬膳スープは幼虫と枸杞(くこ)の実をとろとろになるまで煮込んだものだ。

畑の土からよく掘り起こされるこの白い幼虫。ライに聞いたところミマルグという生物らしい。ミマルグは成虫になると家ほどの大きさになり農作物や小型の家畜を食い荒らすのだとか。動きが遅いから駆除は簡単みたいだけど。

要は害虫なので、幼虫を見つけ次第私は食べることにしている。タンパク質が豊富で身体によいし、濃厚なココナッツミルクのような味で美味(おい)しいのだ。

そして杏仁豆腐(あんにんどうふ)のトッピングとしても有名な枸杞の実は、滋養強壮のほか疲れ目、老化防止に効果があるといわれる健康素材だ。枸杞は葉と根も薬として利用されている。無駄なところがなく優秀な植物だ。

桂枝加黄耆湯で症状が軽快したあとは前回と同様に十全大補湯を服用することとした。

なんとなくわかってきたけれど、デルさんの虚弱は突発的かつ頻繁なものの、比較的短時間でよくなるみたいだ。

　体格はいいし鍛えているようなのに不思議な症状だと思う。本人は体質だと言っていたから事情があるのかもしれない。教えてくれたらより適切な薬を調合できるのだけど、自ら言わないことを踏み込んで聞いてよいものか躊躇（ちゅうちょ）してしまう。

……でも私は薬剤師だから。

　1人でもたくさんの人を健康で笑顔にする。病気なんかに人生の幸せを奪われることがあってはならない。

　当たり前の幸せを守りたい。それが今も昔も私の目指すところだ。

　とりあえず尋ねてみて、嫌な顔をしたら引っ込めばいいわ。腹を決めた私は昼食の席で切り出した。

「デルマティティディスさん、聞きたいことがあります」

「何だ？」

　言いながら、優雅な手つきでパンをちぎるデルさん。手作りで不格好な形をしているパンなのに、彼が持つと高級品のように見えるから不思議だ。

「あの、もしよろしければなんですが。デルマティティディスさんが虚弱な理由を教えてもらえませんか？　原因がわかればより適切な薬を調合できるんです。……言いたくなければ無理にとは言いませんが」

あえてデルさんの目を真っ直ぐ見つめて投げかけた。他意などなく純粋にあなたの健康を気にしているからですよ、という気持ちを込めて。

彼はパンをちぎる手を止めてこちらに視線を向ける。その瞳には探るような色が浮かんでいた。逡巡している様子に、私は自分が失敗したことを悟った。

やっぱり簡単に言えるようなことじゃなかったんだ。もう少し信頼関係ができてから尋ねるべきだった。「いえ、いいんです。変なことを聞いてしまってすみませんでした」と謝ろうとしたそのとき。意外な答えが返ってきた。

「……話してもよいが、条件がある」

「えっ！　なんでしょう？」

了承をもらえるとは！　しかし条件とは一体なんだろうか。デルさんは静かに続ける。

「2つある。まず、セーナがわたしの専属薬師となることだ。平民であれば他に客を取って構わないが、貴族階級以上の者はだめだ。わたしの求めがあったときにはそれを最優先にすること。もう1つは、わたしの秘密を話すのだからそなたの秘密も何か教えてもらいたい」

「は、はあ」

専属の話は悪くない。既存客はそもそも平民しかいないので大丈夫だ。それらを全て切れということならこちらにも付き合いがあるので困るけど、続けてよいなら経済的に安定するし、断る理由はない。

問題は秘密のほうだ。

秘密の少ない人生を送ってきた。だからあれしかない。違う世界から来た件だ。

唯一にして最大の秘密を打ち明けてしまっていいのだろうか？　話した途端に気味悪がられたり、からかうんじゃないと怒られたりするかもしれない。

――それは嫌。

自分でもびっくりするぐらいはっきりとした感情が湧いてきた。

約束を守って今回訪ねてきてくれてほんとうに嬉しかった。ただの平民の私にも礼儀正しくて真摯。昨夜のことだって私がベッドで寝やすいようにあえてふざけた態度をとっていただけだ。

と同時に、彼は私の突拍子もない話を鼻で笑うようなひとだろうかという疑問を持った。知り合って日は浅いけれど、これまでのデルさんの言動を振り返れば、真面目に話したことを馬鹿にするようなひとではないと思えた。

…………話してみようかしら。

デルさんは誠実な態度をとってくれたのだから、私もそうするべきではないか。友人とはきっとそういうものだ。信じるかどうかはデルさん側の問題だから、心配しても仕方がないわねと息をつく。

私は心を決めた。

「……わかりました。デルマティティディスさんの専属薬師となり、秘密を1つお教えしましょう」

「よろしい。では、わたしの体質についてだが――」

満足げに頷くデルさん。長い脚を組み替えて彼は話し始めた。

7

「100年ほど前のことだ。当時の人間王族は愚かにも私利私欲のために魔族を支配下に置こうとした。魔族領(バルトネラ)の鉱山は豊富に資源が出るので掌握したかったようだ。魔族の長だったわたしは断固として拒否し、これまで通り友好国として共存を望んだ。しかし王族――フィトフィトラ王国軍はよしとせず、武力に任せて我らを討とうとした」

話は始まったばかりだというのに、私は頭が真っ白になっていた。

なんだか予想以上に重たい話である。というか、デルさんが魔族の長？　もも、もしかして魔王ってこと!?

〝魔族の長〟。魔族のてっぺんに座するもの。文字通りに捉えるのであれば彼は魔王ということになる。

これまでの自分の態度を振り返ってぶるりと背中が震える。

「結果としては我ら魔族側が勝利した。フィトフィトラ王国軍を王族だけ残して全て討ち取ったのだ」

「ま、魔族の皆さんはお強いのですね……？」

混乱する頭では適切な相槌が思い浮かばず、とりあえずデルさんのお仲間の強さを称賛してみる。国軍を壊滅させるなんて魔族軍は手練れ揃いなんだろう。

しかし次の言葉で再び私は仰天する。

「……正確に言うと戦ったのはわたしひとりだ。こちらも軍を出せば大なり小なり傷つく同胞が出るだろう。旧王国軍は5万程度であったから、そう難しいことではなかった」

ひとりで5万の兵士を討ち取る？　魔王様、どれだけ強いんですか……？

表情が抜け落ちた私を気に留めることもなく、デルさんは涼しげに続けた。

「生き残った王族はフィトフィトラ王国を放棄する代わりに処刑を免じてほしいと申し出てきた。わたしはそれを受け入れ、王族は追放処分とした。残った国土は魔族領と統合し、ブラストマイセス王国を建国したのだ。まあ、このあたりの歴史はそなたも知っているだろうから詳しく話す必要はなかろう」

異世界から来たので初耳ですとは言えず、曖昧な微笑みを返しておく。

ええと。とりあえずデルさんは魔王様だった。攻め込んできた旧王国をたったひとりで滅ぼして、今は魔族領と旧王国領を統合したこの国——ブラストマイセス王国の王様をやっています、と。心臓はまだ高鳴っているけれど、状況は理解した。

「大丈夫かセーナ？　何やら顔が引きつっているが。……それで、体質のことだが。わたしは戦の中で毒を受けたのだ。並大抵の毒であれば効かないのだが、その毒矢だけは違った。もともとそういう毒だったのかは分からないが、即死することはなくじわじわと身体を害していった」

「………はい」

「かなり腕利きの射手だった。わたしの死角を完全に把握していたし、通常の騎士の射程を大幅に上回る距離から矢は放たれた。ほどなく勝利し、解毒のために捕らえようとしたが、流れ弾にでも当たったのか……見つけたときにはもう死んでいた」

麗しい顔に悔しそうな色が乗る。

温厚なデルさんしか知らないからか、彼の壮絶な過去を知って言葉が出ない。戦争だとか毒を受けたとか、そんな暗くて血生臭い世界にいただなんて。

なんと声を掛けたらよいかわからない。沈黙する私の横でデルさんは独り言を呟くかのように続ける。

「毒を受けてからは倦怠感が続き、頻繁に発熱するようになった。体調を崩すと魔力の制御がままならなくなるときもあり執務に影響が出ている。……わたしには妻もきょうだいもおらず、病の身ではこの国を治める者としての責を果たせない、そう思い国内外から名のある医師を集めあらゆる方法で解毒を試みたが、まあ、このざまだ」

苦しげにデルさんは言葉を絞り出した。自虐的な笑みを浮かべて私の目を捉える。

「トロピカリの薬師よ。そなたもわたしを嫌悪するか？　ひとりで5万もの命を奪い、得体の知れない毒に侵された魔王だと知って」

夜空の瞳に射抜かれて、はっと息が止まる。

嘘は許さない、おまえの心はお見通しだ。そんな言葉が聞こえそうな圧を感じた。

身体がすくんで動かない。私はまるで蛇に睨まれた蛙のように、彼の持つ覇者のオーラに呑み込まれかかっていた。

――デルさんの瞳に僅かに浮かぶ不安と諦めを見つけるまでは。

もしかして、デルさんの本心は別のところにある……？

そう疑問を抱いた私は膝の上でぐっと拳を握る。

今の彼は自ら嫌われようとしているようにも見える。彼は立場というもので自分を抑えつけているのではないか？　理解されないのが当たり前だとでもいうように。

圧倒的なオーラを持つ孤高の魔王様。その一方で、私は彼の言動や表情にどこか物寂しさを感じた。

……魔王様に忖度するのは簡単よ。でも、それはデルさん自身に対しては失礼なことだわ。

ゆっくりと口を開く。

「……いえ、怖いとは思いません。デルマティティディスさんは人間側と共存を望んだのに、あちらが勝手に攻め込んできたのです。それは戦うしかなかったでしょう。魔族のお仲間を守るためひとりで戦場に立ったのはほんとうにご立派だったと思います。争いごとを知らぬ私が言えたことではないですが、とても大変な思いをされたでしょう」

デルさんが少しだけ目を見開いた。

彼の青い瞳を見つめながら、私は言葉を選ぶ。

「このお話を聞く前から私はあなたのことを好ましく思っていました。あ、いえ、恋愛的なことではないですよ。こんな小娘にも礼儀正しく丁寧に接してくれて、スープや薬も疑うことなく飲んでくれたのが嬉しかったんです。お話し相手として今後も仲良くさせてもらえたらいいなと、そう感じていました」

「……セーナ」

「秘密を聞かせていただいて、むしろその気持ちは強くなりました。デルマティティディスさんは強くて優しい立派な王様です。私でよろしければ薬師として解毒に協力させてください」

　力を込めて宣言する。

　驚いていた彼の表情は、徐々に力が抜けていくように見えた。

「……セーナ、ありがとう。そしてすまない。素性について隠していたわけではないのだが、何も聞いてこないならそれでよいかと」

　言葉は簡単だったけれど、デルさんは泣いているような笑っているような、初めて見る表情をしていた。まるでずっと我慢してきたなにかが緩んだような。

　最強の戦士である魔王様がそんな顔をするなんて。このひとはどれだけ辛い思いをしてきたんだろう。彼の惨烈な過去を垣間見たこともあり、ひどく胸が締め付けられた。

　デルさんと私は全く違う人生を歩んでいる。雲の上の存在すぎて、彼の辛さや苦難は私が想像して考え至るようなものではないはずだ。私も大変な思いをした時期はあったけれど、彼とは背負っているものが違う。手放しに共感はできないし、彼もされたくないだろう。

　でも――彼と出会ってからのことならば、私は自信を持って彼はいいひとだと言える。応援したい、味方でありたいと思える人柄だと断言できる。

　きょうだいも奥さんもいないとなると、ご両親が亡くなってからは全てをひとりで抱え込んできたのかもしれない。確信はないけれど、行き倒れていたデルさんの髪に付いていた生卵。あれは投げつけられたんじゃないだろうか。誰か、この町の人間に。

デルさんは旧王国が倒れてからは人間と魔族の両方を治めているという。であれば、旧王国を滅ぼした魔族を恨み、彼らと共に暮らすことをよく思わない人間がいても不思議ではない。

……だとしたらひどいわ。デルさんが反撃や取り締まりをすれば、それを理由に評判を落とすこともできる。結局デルさんは我慢するしかないのよ。

私の比にならないくらい悩み、耐え、諦め続けてきたのだとしたら。少しでも支えになりたかった。

「デルマティティディスさん、私はいつでもあなたの味方であるとお約束します。生憎難しいお話はわからないのですが、息抜きをしたくなったらお付き合いしますからね」

膝上の拳を顔に持っていき、しゅっしゅっとファイティングポーズを取ってみる。

デルさんはふっとひとつ笑い私の頭に手を伸ばす。大きな手が優しく髪を梳いていき、指が頬に触れた。そして私の顔を覗き込みながら形のよい唇が動く。

「そなたが味方なら心強いな。まさか人間の女性にそのようなことを言われるとは。300年余り生きているが、久しぶりに新鮮な体験をしている」

「な、長生きなんですね、デルマティティディスさんは……」

デルさんの顔がすごく近い。透き通った白い肌、完璧な配置の鼻筋と眉、夜空色の瞳……。先ほど垣間見えた不安や自虐、諦めの色はもう消えていて、いつも通り圧倒的な美しさのみがあった。そしてなぜか愉快そうに微笑んでいる。

この空気感と早鐘を打つ心臓に堪えられなくて目を逸らす。

「……あの。前々から気になっていたんです。フェロモン攻撃はやめていただけませんか？　私の身体に差し障りがあるので」

「フェロ、モン？　なんだそれは。わたしはそなたに何の攻撃もしていないぞ。するわけないだろう」

ぱっと離れて両手を顔の横に上げるデルさん。攻撃だなんて心外だ、とでも言いたげな表情だ。

「そうなんですか？　じゃあこれは一体なに……？　ひょっとして異世界固有の新しい生理活性物質なのかしら？」

「何をぶつぶつ言っているんだ？」

「あっ、すみません。こっちの話です。――毒矢の解毒についてはは後ほどゆっくり考えるとして、先に私の秘密をお話ししましょうか」

フェロモンでないならなんなのか。これだけヒトの身体に異常をきたすのだから、なにかしらの物質を放出していると思うんだけど。

とても気になるけれど今は別の話の途中だから仕方ない。頭を切り替える。

ふうと大きく息を吸って呼吸を整える。ある種の緊張を感じながら切り出した。

「信じてもらえるかわかりませんが、私……この世界の人間ではないのです。ある日突然別の世界から来てしまったのです」

8

薬学部を卒業し、薬剤師国家試験にも無事合格。私は内定をもらっていた製薬会社で研究職として働き始めた。

大好きな実験に没頭する日々。あっという間に数年が経ち、気が付けば主任研究員になっていた。

役職に興味はなかったけれど、自分の裁量で実験を計画して動かせるようになったのは嬉しかった。私はますます研究にのめり込んでいった。

アラサーともなれば周囲でおめでたい報告が相次ぐ時期だ。しかし私にとっては試薬や実験器具に囲まれた毎日こそが至福。自分を殺して生きていた高校時代があったからこそ、自分の好きなことに打ち込める環境がなにより幸せだった。

同僚が私のことを「変人」「マッドサイエンティスト」なんて呼んでいることは認識していたけれど、特段気にしていなかった。チームメンバーは第2の家族のように仲が良くて、愛のあるあだ名をつけてもらえたと喜んだくらいだった。

研究所から徒歩5分の自宅マンションには日付が変わるころ寝に帰るだけ。そんな日々を何年か過ごし、ついにその日が来た。

――そう。念願の新薬が完成したのだ。

今回完成したのは現在世界中で猛威を振るっている細菌、スタフィロコッカス　フィラメンタスに対する新薬だ。既に治験を終えており、厚生労働省の承認待ちである。

顕微鏡で覗くと粒々が棒状に連なった姿をしているこの細菌による感染症は、高熱と出血傾向、特徴的なハート形の発疹(ほっしん)を主症状とする。ハートと言うと聞こえは可愛いが、症状は苛烈。致死率はおよそ3割で、発症後1、2日で予後が決まるとされている。運が悪いと多臓器不全を起こし命を落とすこともある悪魔のような病気だ。だから〝ハートの悪魔〟なんていう二つ名をどこかのマスコミがつけていた。

水際対策が功を奏してまだ日本には入ってきていないけれど、時間の問題だと言われている。

こんな得体の知れない細菌に私の大切な人を誰ひとり殺させはしない。その一心で日夜新薬開発に打ち込んできた。

――だけど私は致命的なミスを犯してしまった。

ぼんやりと新薬『XXX―969』が入ったバイアルを握りしめる。その手に見える無数のハート状の湿疹に、私はひとつため息をついた。

「やっちゃったなぁ……」

今日は日曜だから実験室には私だけ。自分のデスクに座りながら回らない頭を無理やり回す。

「あのときかなぁ……？　それとも防護服に穴でも開いていた？」

いつ感染してしまったのか記憶を掘り返してみるけれど、細菌は目に見えない。正解なんて誰にもわからないわよね、と早々に思考を放棄した。いずれにしろ感染しているという事実は変わらないのだ。

数日前から身体が怠い感覚はあったけれど、仕事の詰め込みすぎで疲れが溜まっているのだろうと気に留めていなかった。しかし昨夜お風呂で腕に散在する赤いものを見つけて、まさかと背筋が凍った。途端にすごく怖くなってきて、ろくに身体も拭かず布団に潜り込んだ。

そして今朝ひどい頭痛と熱で目を覚ました。特徴的なハート形の湿疹は全身に広がり、フィラメンタス感染の典型的な症状が現れていた。一刻も早く薬を飲むために研究所に来たのだった。

「私は助かるかな……？」

研究生活はほんとうに楽しくてやりがいがあった。まだまだやりたいことがあった。目の前のデスクが水面のように揺れ、視界がじわりと熱くなる。いかんいかん。

持参したミネラルウォーターでXXX―969を流し込む。

XXX―969は発症後24時間以内に飲むことで十分な効果を発揮するため、怠さの出現時を発症とカウントするならばリミットは過ぎている。助かる7割に入れるかどうかは運だ。

「……他の人にうつしていないことが幸いね」

フィラメンタスは飛沫(ひまつ)感染だ。実験外でも常に感染対策を徹底していたため、私が感染源になることはないはずだ。

熱い身体を引きずって帰宅する。パジャマである高校時代のジャージに着替えて布団へ潜り込み、目が覚めたときには元気になっていることを願って目を閉じた。

その願いは半分叶(かな)い、半分叶わなかった。

目覚めたら元気にはなっていたものの、見知らぬ森にいた。

無意識にコンビニにでも行こうとしてどこかで行き倒れたのか、はたまた事件に巻き込まれたのか。様々な可能性を考えた。

しかし、毒キノコを食らった女の子を助けて街に出たとき――のちにトロピカリという場所だと知るが――ここは日本ではない、地球でもない異世界だということを知ったのだった。

9

「――私の秘密は以上です。私の知識は異世界のもので、それを生かして現在薬師として生計を立てているわけです」

デルさんが口を挟む間もなく一気に話を終えた。顔はずっと俯いたまま、視線は目の前の机に置いたままだ。彼は今どんな顔をしているのだろうか。

「……こんな場所にひとりで住んでいるから、何か事情があるのだろうとは思っていたが。そういうことだったのか。……そんな顔をしなくても私はセーナの話を信じている。むしろ自責の念に駆られている」

恐る恐る視線を上げると、優しさと困惑の浮かんだ瞳にぶつかる。

彼はゆっくりと立ち上がり私の背後に回った。長い腕が身体を包み込み、美しい長髪が頬の横で揺れる。

真面目な話の最中になにをしてるんですか⁉　と口を開くより先に、彼は思いもよらないことを口にした。

「セーナがこの世界に来てしまったのはわたしのせいだ」

「……えっ？」

予想外すぎる言葉に思考が停止した。

「これは他言無用であるが、魔族の長には代々『門』の管理という重要な役目がある。門とはこの世界と並行する異界を繋ぐものだ。現在は基本的に使われていないのだが、かつては異界との行き来に用いられていたと記録が残っている」

「はあ」

「すまない。異界から来たセーナには突飛な話だろう。とりあえず聞いてほしい」

デルさんは一言気遣いをしてくれたのち先を続ける。

「それは例えば領地を豊かにするために使われていたという。水路の知識を持った者だとか、耕具に詳しい者だとか、医術に通じた者らを召喚していたようだ」

デルさんの声はどこまでも穏やかで優しい。私の動揺を感じ取って安心させるように身体を包み込んでくれている。しかし理解が追いつかず私の身体は硬直したままだ。

近すぎる距離にいつもなら心臓が爆発しそうになるけれど、今は違う意味で拍動が止まらない。

「だが、召喚には詳しく言えないが相応の代償があるうえ、門の発動には膨大な魔力が必要だ。術者への負担が大きいのだ。割に合わないという理由から、領土がある程度潤った段階で事実上廃止となった。現在は門の管理だけが役割として残っている状態だ」

「……門というものはわかりました。それと私の状況にどのような関係があるのでしょうか」

「そこだ。魔力さえあれば門の管理なぞ容易いことなのだが、わたしは毒を受けてから体調を崩すと魔力も不安定になるようになってしまったのだ」

じゃあ、私はもしかして…………。

思考力が戻ってきた感覚がする。私の視線を受けてデルさんは頷いた。

「わたしの魔力が不安定になった際、門に歪が生まれてセーナが来てしまった可能性がある。実は1人分の通過痕跡が門に残されていて調査しているところだったのだ。痕跡といっても目に見えるものではないし個人を特定できるものではないのだが、それがそなたなのかもしれない」

「異界と繋がる門に、歪が」

彼の言ったことを繰り返す。

「そうだ。意図しない通過を発見した後はかなり余裕を持って魔力を満たすようにしたから、わたしが瀕死になるぐらいのダメージを負わない限り今後門が暴走することはない」

「……私は偶然召喚されてこの世界に来てしまった、ということでしょうか？」

尋ねると、デルさんはしばし逡巡したのち言いにくそうに口を開いた。

「召喚、ではないな。召喚には儀式か通行証の発行が必要だが、そなたには勿論していない。だから……例えるならば偶然少し開いていた門をそなたがすり抜けて入ってきたというところだろうか」

「!!」

お呼びでないのに来てしまった私……。なんて恥ずかしいのっ!!

突然この世界に来てしまったことに不満があったわけではない。しかし、どうしてだろうという疑問は持っていた。複雑な気持ちでデルさんの話を聞いていたのだけれど、まさかの自業自得に項垂れるしかなかった。

しおれた私に気が付いたのか、デルさんが慌ててフォローしてくれる。

「ああ、誤解しないでほしいが門の歪はわたしの責任だ。何の関係もないセーナを巻き込んでしまい本当に悪いことをした」

「いえ、いいんです。私、病気で死ぬかもしれないところでしたから、魂が無意識に逃げ場を探していたんでしょう。むしろ勝手に来ちゃってご迷惑おかけしてます」

デルさんのほうを振り返り、無理やりにこりと笑ってみせる。戦争やら毒やら虚弱やら、ただでさえ大変な人生を歩んでいるデルさんにこれ以上心労を与えたくない。

「私は大丈夫ですよ！　今の生活は肌に合っているんです。薬師としてやりがいを感じ

ていますし、見るもの聞くもの新しいものばかりで飽きません。自由を謳歌していま
す」

憂色を浮かべる麗人にそう告げる。もちろんこれは心からの本音だ。

でも、デルさんは私がそういう性質であることを知らない。気丈に振る舞っているよ
うに見えたのだろうか。彼ははっと美しい目を見開き、いたく感激している様子である。

「セーナは強いな。そして素直だ。……大丈夫だ。この世界での安全はわたしが保証す
る」

再びぎゅっと抱きしめられる。向かい合う態勢になっているので先ほどより距離が近
く、私の頭のあたりにデルさんの胸がある。じっとしていると気持ち速めの拍動が聞こ
えてきた。

魔王様でも緊張するのね。子供じゃないんだから抱きしめなくたって大丈夫なんだけ
ど……。私の状況に責任を感じているのかしら。

安心してください、気にしていませんよ。怒ってなんかいませんし、生活に不安もあ
りません。そう伝えたくなった私は言葉よりも行動で示そうと彼の背中に手を回してみ
る。するとなぜかびくりと彼の身体が跳ねる。同時に耳元から感じる鼓動が速くなった。

いくらなんでも速すぎない？　洞性頻脈かしら？

デルさんは心臓にも病気があるのかもしれない。少々心配になってくる。

「……セーナは早く元の世界に帰りたいか？　申し訳ないが帰り方を調べるのに時間が欲しい。古来、召喚することはあってもこちらの者を他所に送り出すことはほとんどなかったのだ。古い文献を探す必要がある。時間は掛かるが、必ず分かるからそこは安心してほしい」

細々と話すデルさんは大きな体躯をしているのに小動物のように見えた。そんなに萎縮しなくてもいいのに。魔王様って存外可愛らしいのねと、自然と笑みがこぼれる。

「わかりました、問題ありません。方法があるということがわかればひとまず安心ですから。デルマティティディスさんの虚弱を治すお手伝いをするとお約束しましたし、帰ることについては追々考えることにします」

よしよし、と彼の形のよい頭を撫でてみる。萎縮する動物はだいたい撫でてやるとリラックスしてくれる。動物実験に使うマウスやウサギなんかも背中を撫でると大人しくなったもの。

果たして魔王様も大人しくなり微動だにしない。落ち着いたようだ。念のためもう少しなでなでしているとデルさんはもじもじと動き出した。

長時間引っ付いているのは友人としてよくないので、よきところで彼から離れる。

「お話をしていたらもうこんな時間になってしまいました！　昼過ぎに帰るとおっしゃっていましたよね。次回までに薬について考えておきますので、もう大丈夫ですよ。お仕事、身体に気を付けて頑張ってくださいね」

壁掛け時計は14時を指していた。

「あっ、えっ。ああ……」

彼はなぜか顔を両手で覆っている。

どうしたのかしらと眺めていると、角の先端部分がほんのり赤くなっていることを発見する。また体調に異変が生じたのかしら。心臓に角にと大変なことだ。

「デルマティティディスさん、角が赤くなっていますよ。どこか体調が悪いんですか？　十全大補湯の他にもなにか薬を——」

「っ……！　何でもないから気にするな。失礼する！」

言い終わる前に言葉を被せられ、すぐさまパチンと指を弾く音が鳴り響いた。

「えっ!?　いや、このお薬を持って行ってくだ——————！」

言葉の先は猛烈なつむじ風にかき消される。前回彼が帰ったときにも現れた竜巻だ。

呆然とする私を残して彼はあっという間に姿を消したのだった。

閑話　デルマティティディスの独白

胸の奥にちりちりと燻る熱いものを感じる。——そんなはずはない。自身の幸せについて期待するといった愚かな感情はもう存在しない。とうの昔に憧れは崩れ去り、善き魔王としてこの命を粛々と生きるだけだ。

——わたしは今、城の私室で珈琲を飲んでいる。

いつもは例外なくミルク1匙と角砂糖1つと決めている。それもとびきり苦いものだ。

従に最も苦い銘柄をそのままでと頼んだら目を丸くされた。苦々しい気持ちを誤魔化そう、そんな思考が働いているのかもしれない。

城は王都アナモーラの小高い丘の上にそびえている。〝魔族の国王〟という存在が何の抵抗もなく人間に受け入れられるとは思っていないので、一国の主が住まう屋敷としてはかなり控えめな規模になっている。広さ華やかさを抑えた分、防犯面や人件費に予算を配分している。

私室は城の最上階。国土を最もよく見渡すことのできる位置にある。かつて暮らした魔王城と比べるといささか手狭な室内に置かれた家具や調度はどれも質素なものばかり。しかしそれでよい。使えれば何でもよいというのが意向であるが、それではいけないと侍従たちが良質な品を見繕っているのである。

わたしはほんの数分前までセーナの家を訪問していた。しかし、色々あって居たたまれなくなってしまい帰ってきたのだった。

　珈琲のカップを静かに傾ける。

　――魔王ともあろうものが、あんな小さな女性から逃げるなどどうかしている。

　正直なところ5万の兵を相手にしたときのほうがよほどましだった。望んだ戦争ではなかったが、敵を吹き飛ばす快感や遠慮なく魔法を放てることに心は昂っていた。5万の兵より手ごわい女性が存在するなんて今の今まで知らなかった。

　珈琲のおかわりを頼みつつ、これまでの出来事を振り返ってみる。


　わたしは定期的にトロピカリへ出向いている。3か月に1度行わなければいけないこの仕事がわたしは好きではない。しかし国の平和のためには必要なものなのだ。

　この仕事の後は決まっていつも体調を崩していた。

　というより、体調が良いと胸を張って言える日なんてここ100年は皆無だった。常に倦怠感があり、城を離れて視察などに行くと一気に身体のバランスが崩れて昏倒してしまうのだ。

　そんな状態がもはや日常になっていたので、行き倒れた家に住んでいたセーナという薬師の看病には驚愕した。彼女が調合した薬を飲んだ途端に身体がとても楽になったからだ。

健康を金で買えるならいくらでも出す。しかし彼女は代金を断った。粗末な家に住んでいるのだから生活が苦しいのではと思ったものの、そうではないらしい。生き生きと薬膳なるスープを作り畑仕事に精を出すセーナを眺めていて、彼女はこの暮らしを楽しんでいるのだと理解した。

彼女は金の代わりに話し相手になってほしいと言った。話し相手に、なんて所望されたことは初めてだったが、自分でも不思議なことに受け入れた。

手持ちの薬が切れたらまた買いに行こうと思っていたので丁度いい。そんな打算もあったけれど、彼女はどんな話をわたしにしてくれるのだろうという好奇心もあった。

彼女はわたしが魔王だと知らない。わたしのことをひとりの友人として扱い、恐れることなく接してくれる。そのことが新鮮だったのだと思う。魔族ならわたしに跪き、人間ならば恐怖の目を向けてくる。それが普通だったから。

……だが、話を聞く前にまたわたしは倒れてしまった。

一緒に寝ればよいという提案はセーナを床で寝させないための方便だった。加えて、わたしに対して余計な感情が無いことを確認するためでもあった。この時点でわたしはセーナを専属薬師にしたいと心を決めていたため、城に帰ろうと思えば帰れる体調であったが泊まることにした。過去、本分を忘れて近づいてきた女たちとセーナを一緒にするつもりはないが、自分としては外せない確認事項だった。

彼女は赤面していたが、隣に寝かせたところ5分も経たないうちに寝息を立て始めたのには唖然とした。本当にどこでも寝ることができるのだなと心の底から感心した。

明くる日セーナから体質についての質問を受けた。ああ、ついに真実を打ち明けるときがきてしまったと落胆した。

……落胆？　魔王ともあろうわたしは何を恐れているのだろうか？

隠していたわけではないので事実を打ち明けた。

案の定セーナはぽかんとしていたけれど、その顔は愛嬌があって可憐だと思った。

……可憐だ？　魔王ともあろうわたしが人間を愛らしいなどと思ったのか？

問題はそのあとだ。話を聞いたセーナはわたしを怖がるどころか、立派な王様だとか味方になりますなどと声を掛けてきたのだ。

お世辞や機嫌取りでないことは真摯な表情や眼差しを見れば明らかだった。

真剣にそのような言葉を掛けられたことはない。何と答えたらよいか分からなくなった。臣下からの信頼は得ていると自負しているが、彼女の言葉に含まれていた感情はそれとは別種のものに感じた。

交換条件にしていたセーナの秘密を聞いた。

わたしの魔力が不安定になっていた皺寄せが彼女にきていたことを知り、とても申し訳なく思った。一日でも早く彼女を元の世界へ帰すこと、それがわたしがしてしまったことへの責任だ。その日が来るまで不自由がないように気に掛けてやらねばならない。

……そうか、時が来たら帰ってしまうのか。つまらないな。

そういう情動がどこからか湧いて出てくると同時に、わたしは無意識にセーナを抱きしめていた。

……300年近く剣や魔法の鍛錬を積み、悪意ある者は容赦なく斬り捨ててきたわたしが、無意識に女性を抱きしめるだと？

自分で自分の行動が理解できないなんて初めての経験だった。そもそも意思とは別に勝手に身体が動くなどあり得ないことだ。

城や騎士団にも女性はいるし、優秀な臣下である彼女たちと会話することは日常の一部だ。女性を前にして前後不覚になったことなどかつてなかったのに、セーナを前にすると今まで積み重ねたことが何一つ通用しない感覚に陥る。心の臓が早鐘を打って苦しい。抱きしめた腕を離せないどころか、もっと近くに感じたいと力を強めてしまう有様(ありさま)だった。

——極めつけはそのあとだった！

彼女はわたしを抱きしめ返し、頭に手を置いて撫でるような動きをしたのだ！　門の魔力を充溢(じゅういつ)させておいてよかったと心の底から過去の自分に感謝した。撫でられた瞬間、自分の中の魔力が激しく揺さぶられた感覚があったからだ。

なぜ彼女がそんな行動をとったのか不明だが、その間、胸にじわりと感じたことのない気持ちが生まれた。

抱きしめてくれる彼女は柔らかくふわふわしていて、微かに薬草の香りがした。思わず目を閉じてしまうほど心地のよい手の動きだった。

――わたしはセーナを好いているのか。

彼女のことを思い起こすほどに胸の違和感は大きくなる。そんなはずはない、と否定するには見過ごせないくらい、温かな感情は確かに芽吹いてしまっていた。

会って数回で誰かを――ましてや異界の人間を好きになるなんて誰が予想できただろう。いや、上手く表現できないが、最初から彼女は何かが特別だった。もうほとんど一目惚れだったのかもしれない。

己は思ったより単純な男だったようだ。妙な話ではあるが、自分がそういう一面を持ち合わせていたことに小さな驚きすら感じた。

珈琲を下げさせて露台に出る。真夏のじんわりとした日差しが出迎え、そよりと気持ちのよい風が髪を弄んだ。

遥か東方、セーナが住まう湖の方角に目をやる。どうしたら彼女を元の世界に戻すことができるだろうか。

彼女に伝えた通り、『門』でこの世界から人を送り出すことは稀(まれ)だ。というより実のところ、過去にたった1例しか聞いたことがない。

その1例というのが、まさに門の術式を完成させた張本人だ。太古の昔、この世界を統べたという偉大な蝶(ちょう)の魔物のことである。

魔王家に伝わる禁秘の書によると、かの蝶はこの世界を統一し遊覧してまわったのち、違う世界へ行ってみたいと思うようになったという。そこで永遠とも思える長い時を掛けて創り出したのが『門』、すなわちこの世界と並行する異界とを結ぶ術式だ。かの蝶はこの世界を子に託し、門の術式を行使して飛び立ったという。

それから幾千万の時を経て、門は異世界へ渡るためではなく異世界から有用な人物を呼び寄せるものへと役割が変化した。

門を行使できる者は蝶の血を引く魔王だけだ。しかし魔王といえどむやみやたらに門を開閉することはできない。なぜなら術式を行使するものは代償として名をひとつ失うからだ。

それが意味するのは、寿命が一定程度奪われるということだ。子孫が好き放題に門を行使して世界の均衡が崩れぬよう、太古の蝶が術に組み込んだとても高度で美しい魔術である。

どの程度寿命が短くなるのかは、異界との距離やその者の魔力量に関係するため一概には定義できない。

魔王が命を削ることはすなわち国家の危機。のちに決められた「門と召喚」に関する法の中に、術式を行使できる条件の1つとして世継ぎがいることという項目が盛り込まれている。

ただ今回はわたしに落ち度があるので、その条件を満たさなくとも中枢議会の承認は下りるだろう。なぜなら門の意図しない暴走で呼び出された者は速やかに元の世界に戻すことが望ましいという上位の原則があるからだ。太古の蝶は賢く聡明で、自身の術式が悪用されることを望まなかったという記録に則って定められた高位法だ。

セーナはここでの暮らしを楽しんでいるように見えたが、心の中では故郷を、そこに残してきた家族のことを恋しく思っているに違いない。元の世界に戻ることが彼女の幸せなのだ。

――帰したくない、なんて少しでも思ってしまうわたしは為政者として失格だな。

見つけたと思ったら、すぐにいなくなるのか。自然とため息が出た。

幼少の頃は、仲睦まじい父と母を見て自分もいつか家族を持ち幸せになれると思っていた。しかしそれは叶わぬものだとすぐに思い知らされた。大切な存在ができることが怖くなった。

だから何もあてにせず、執着せずに生きてきた。王は国と民を守ることが最も重要なことで、自身の幸福など望める立場にないのだと言い聞かせて。

それでも視察で街に出るたびに幸せそうな家族の姿を目で追ってしまう。彼らがひどく眩しく見えて、つい足を止めて見入ってしまうが、それは自分には手に入らない他人事（もの）だ。頭では分かっているのに心のどこかで光に飢えている自分を嗤笑（ししょう）する。期待した分だけ叶わなかったときの、あるいは壊れてしまったときの悲しみが大きいことをわたしは知っている。

だからせめて——彼女が帰るそのときまで、心を寄せるくらいは許されるだろうか。傍にいて、寄り添い見守ることぐらいはしてもいいだろうか。彼女がくれる温かい気持ちは乾いた心に際限なく染み込み、帰るまでの限られた時間とはいえ幸福な夢を見させてくれるだろう。

まずは門を正しく起動できるくらいに体調が戻らないといけない。さあ、次はいつセーナのもとへ行こうか。彼女の薬は本当によく効く。

わたしの名は魔王、デルマティティディス・レイ・アール・ブラストマイセス。

どうか今は少しだけ、この長閑（のどか）な陽だまりにいさせてほしい。

第三章　魔王様の専属薬師

1

デルさんが慌ただしく帰宅すると部屋には静寂のみが残された。

私は宙を睨みながら腕を組み、ううんと首をひねる。話を聞いた限り彼の虚弱には日常的に薬が必要だと思われた。

100年ものあいだ毒に侵されているとなれば解毒にも相応の時間が掛かる。受けた毒そのものが手に入れば特効薬の開発もできるかもしれないけど、彼の話しぶりからそれは手元になさそうだ。となるとじっくり長期戦で治療するやり方になるだろう。

デルさんの身の上話に絆（ほだ）されたということもあるけど、「謎の毒」という治療対象は私の探究心に火をつけた。

デルさんを健康にすることはこの国の明るい未来でもある。跡継ぎがいないと言っていたし、彼に万が一のことがあれば物語でよくある後継者争いみたいなものが勃発するかもしれない。それは困る。できることならのんびり調合と実験をして平和を謳歌していたい。

いそいそと紙とペンを用意して椅子に座る。

これまでは急にデルさんが倒れたので時間に追われて調合していた。じっくりと腰を据えて処方を吟味できていたわけではない。

体質や原因について教えてもらったし、こうしてじっくり時間がもらえるならば、より体質に合った薬を作ることができる。

「まず八綱ね」

半表半裏、と書きしるす。

漢方医学の診断治療は主に4つの部分から成り立っている。

・四診——望診（見える情報）・聞診（聞こえる情報）・問診（患者の訴え）・切診（触れてわかる情報）を通して患者の状態を得ること。

・弁証——四診から得られた情報にもとづいて、病気の深さや部位、病邪の性質、人体の正気の強弱などを分析すること。

・治則と治法——弁証にもとづく治療方針のこと。

・方剤——用いる薬のこと。

この項目に従って魔王様の体質に最適な薬を導き出すのだ。

「熱証。いや、寒証かしら……」

彼から聞いた話や、私から見た彼の状態を思い出しながら身体を分析していく。

ふとある疑念が浮かんだ。魔王様の身体を人間と同等に考えていいのかしら？

私が知っている漢方の学問は人間を対象として成り立っている。例外としては、愛するペットに飲ませたいという話を聞く程度だ。「魔王」に適用したという事例は当たり前だけれど聞いたことがない。寿命はとんでもなく長いし、角だって生えているし、身体のつくりが違う可能性は大いにある。

けれど、私の作った薬と薬膳スープが効いたと言っていた。そもそも漢方薬は症状ではなくて体質に対して調合するものだから、原理的には効いてもおかしくはない。

いわゆる西洋の薬は症状に対して出されるものだ。頭が痛ければ痛み止め、便秘をしているのなら下剤を、といった具合だ。それに対して漢方薬は「その症状が出てしまう原因体質を改善する」という考え方をする。冷え性の人の頭痛なら体を温めて巡りをよくしてみよう。暑がりの人の便秘であれば、身体の水分の巡りを調整し、腸を潤してみたら出るかもしれない。このように体質に応じたアプローチをするのだ。

魔王様も生きている以上体質というものはあるはずだ。もし効きが悪かったら別の処方に変えるなり、量を増やすなり工夫をしてみよう。

気を取り直して分析作業を進める。

「気血水は気虚、血虚……血熱もありそう。水はさほど問題なさそうね」

「臓腑(ぞうふ)は肝、心、肺。舌は痩薄、淡白と……」

紙がメモ書きでいっぱいになったころ、彼の状態となすべき治療が見えてきた。

常に感じている疲労倦怠感と、急変による発熱。これらは個別の状態としてそれぞれに薬が必要だと考えた。

疲労倦怠感のほうは体質改善的な要素を含んだ処方を毎日服用してもらう。発熱のほうはいわゆる急性期の状態であるとみて、頓服的に別の薬を服用してもらう。

こうすることでよりきめ細かい治療ができると考えた。

「肝心の処方ね。まず疲労倦怠感は気血虚損ととらえて……補血養心。人参養栄湯（にんじんようえいとう）でいこう。用意する生薬がちょっと多いけど、これが最適だと思うわ……」

人参養栄湯は12種類の生薬で構成されている。大量生産するにあたって自生しているものだけに頼るのは心もとないので、畑でも栽培しなければならないだろう。

「熱は養血清熱解毒ととらえて温清飲（うんせいいん）にしようか。……いや、黄連解毒湯（おうれんげどくとう）のほうがいいかもしれない。あるいは荊芥連翹湯（けいがいれんぎょうとう）という手も……。いいえ、17種類も生薬が必要だから安定して提供するのは難しいわ」

優れた処方があっても安定供給できなければ元も子もない。漢方薬は基本的に作用が緩やかだ。症状がこじれているほど元の状態に戻すには時間が掛かる。

諸々（もろもろ）の事情を考慮し、人参養栄湯と黄連解毒湯を当面の治療薬とすることにした。

もともと手を動かす作業が好きな私だ。一度作業を始めたら楽しくて時の流れを忘れてしまい、気が付いたら明け方になっていた。

徹夜で調合してしまった私は、軽く入浴をしたのち昼まで仮眠をとった。

そして日課である薬膳スープ作りに取り掛かっている。

薬膳というのはなかなか侮れないものである。たまに飲む薬よりも、毎日食べる食事のほうが健康作りには重要だからだ。

漢方には医食同源という考え方がある。食べたものが身体をつくる、すなわち質の悪いものを食べ続ければ病気がちな身体になるし、質の良いものを食べ続ければ病に負けない丈夫な身体になるというものだ。ただ単に腹を満たすだけでなく健康維持や病気の予防に一役買っているわけである。

大学時代までは自炊していたけど、研究員になってからは毎日コンビニ弁当だったなぁ……。リズムよく野菜を刻みながらふと思い出す。

お母さんが病気になってから料理は私がするようになった。病気が寛解したあともなんとなく続けていて、結局大学を出るまで家族のご飯を作っていた。そんなこともあって料理は好きだ。

けれど、社会人になってからは生活が一変。実家を出て1人暮らしになり、実験やデータのまとめに追われ、帰宅は日付が変わってからが当たり前になった。必然的に料理の優先度が下がってしまい、帰り道にあるコンビニで夕食を買って帰るのが常だった。

そんな生活をして免疫力が落ちていたからハートの悪魔なんかに感染したのかしら？

今は健康的な生活をしているし、以前より丈夫な身体になったと思う。こちらに来てからは風邪ひとつひいていない健康優良アラサーだ。

――なんてことを考えているうちにスープが完成した。食器の用意をしていると、コンコンと戸を叩く音が聞こえた。

「セーナ、いるか？　俺だ、ライだ」

「ライ？　家まで来るなんて珍しいこともあるのね」

仕事はどうしたのかしらと不思議に思うも、そういえば今日は鶏屋の定休日だったわねと正解に辿り着く。いそいそと玄関の扉を開けると私服のライが立っていた。先日と同じ赤いシャツに黒いズボンを合わせている。

「おう。これ、ジャックからだ。殺鼠剤で金が貯まったからお前にって」

そう言ってライはポケットからヒヨコの置物を取り出した。つるりとした黄色い石でできていて、ぽつと黒い点で書かれた目が実に愛くるしい。

「えっ、すごく可愛いじゃない！　すごいわね、ジャックは私がヒヨコ好きってどうしてわかったのかしら？」

「多分だけど、ジャックと初めて会ったときお前がヒヨコをいじり倒してたからじゃないか？」

ああ、と思い出す。確かにそうだったかもしれない。というより、ライのお店に行くといつもヒヨコさんと戯れているから絶対そうなんだけど……。

「自分で渡せばって言ったんだけど、販売が忙しいみたいでさ」

「いいわよ。そもそもお礼なんて必要ないし、この町外れまでひとりで来るなんて危ないもの。またジャックのところに様子を見に行こうと思うけれど、ありがとうって伝えてね」

「分かった。……料理中だったのか？」

くんと鼻を利かせるライ。作ったばかりのスープの香りが部屋に充満している。

ぐう、と私以外のお腹の音が鳴る。目の前に立つ銀髪の青年が慌てて腹部を押さえ、あっという間に耳まで真っ赤になった。

「ふふっ。ライ、お腹が空いているの？　スープを作ったところだったの。よかったら飲んでいく？」

「………腹は減ってないけど、そこまで言うなら飲んでやってもいい」

往生際の悪いライである。反抗期の弟を持ったようでなかなか楽しい。

「はいはい。じゃあそこに座って待っててね」

お皿によそうだけなのですぐ配膳できる。茶色のスープを一匙口に入れたライは美味しいな、と目を見開いた。

「甘くてとろみがあるな。飲んだことない味だ。何が入ってるんだ？」

よくぞ聞いてくださいました！　私はうきうきしながら説明する。

「今日のスープには甘草とシャ虫が入っているの。血の巡りをよくする効果が期待できるわ」

「かんぞう？　しゃちゅう？　知らない食べ物だな」

ライが興味を示したので詳しいことを教えてあげる。

甘草というのは数ある漢方薬のなんと7割に使われている生薬だ。デルさんの定期薬である人参養栄湯にも含まれている。

1つの処方に複数の生薬を使う漢方薬は、ともすればそれぞれがバラバラの働きをしかねない。そこで甘草だ。甘草は諸薬を調和する作用があり、いわば処方のまとめ役を担っている。また、甘草はその名の通り甘味があり、主成分グリチルリチンの甘みは砂糖の約200倍にもなるという。

「へぇ。じゃあこの甘みが甘草なんだな。じゃあ、しゃちゅうってのは何なんだ？」

スープを気に入ってくれたのか、彼のお皿は早くも空になっていた。

「シャ虫はね……。あ、ちょうどあそこに1匹いるわよ」

指差す先の床を見たライは顔をしかめる。

「おい、悪い冗談はやめろよ。あれはゴキブリだ」

親指ほどの大きさのゴキブリが壁沿いを歩いている。この小屋は古いので多数のゴキブリさんも1つ屋根の下で共に暮らしている。大自然の中に建っているので、きちんと掃除をしていても出るものは出るのである。

「ふざけてないわ。シャ虫ってゴキブリのことよ」

「…………！」

真っ青な顔で喉元を押さえるライ。急にげほげほとえずき始める。

「おい……こんなもの食べさすなよ……。俺、お前に何か悪いことしたか……？」

「シャ虫はれっきとした生薬よ。きちんと加工して使っているから安心して」

——そう。シャ虫ことシナゴキブリまたはサツマゴキブリは生薬として用いられ、駆瘀血薬として多数の処方に利用されている。同居人ではあるものの、たまにこうしてスープの材料にして私の血となり肉となってもらっている。

ライを安心させようとシャ虫についてあれこれ説明するも、なぜか彼の顔色は悪くなるばかり。しまいには「もう帰る。……お前って頭がいいんだか悪いんだか分かんねえ……」と小さく言い残し、口元を押さえてよろよろと出て行ってしまった。

「ふぃ〜〜〜〜！　っ、疲れたぁ……」

大きく伸びをしてベッドに倒れ込む。突然50kgの重みがかかったことにより、年季の入ったベッドがギギッと悲鳴を上げた。

昨日はデルさんの薬を調合し、今日は薬膳スープでライをもてなした。なかなかに充実した2日間を過ごせたのではないだろうか。

「いや〜、この充実感。これよ、これ」

ひとりうんうんと頷きながら呟く。もしここに理系の友達がいたらきっと共感してくれるだろう。大きな実験の後や大量のサンプルを処理した後の達成感は格別なのだ。

頭の後ろで腕を組み天井を見上げる。ふと、デルさんは理系なのか文系なのかと疑問に思った。

……いや、魔王様に理系も文系もないでしょう！　体育会系ではありそうだけど。

診察で目にしたデルさんの身体を思い浮かべる。着痩せするタイプなのだろうか、麗しい美貌とすらりとした体型からは思いもよらないほどしっかりとした筋肉がついていて驚いた。

トレーニングには詳しくないけれど、一朝一夕につくり上げられた身体ではないことは私にもわかった。毒矢を受ける前までは相当鍛錬していたことをうかがわせる。あるいは今でも体調が許す限り鍛えているのかもしれない。

ごろりと寝返りを打ち枕の上に腕と顎を乗せる。

「……っていうか。魔王様なわけだし、専属の雇い主様でもあるし、さん付けで呼ぶのは失礼かしらね。次からは様付けで言葉も丁寧にしなきゃ。でもデルさん、なんとなくそういうの嫌がりそう……」

次に来るのはまた3か月後だろうか？　できればもっと早く薬を始めてほしいけど、こちらから渡しに行く手段がない。王都のお城に行くにしたってトロピカリからだと馬車を使っても1週間掛かる。田舎の零細薬師にそれだけの資金および時間的余裕はない。

「デルさま〜っ。早く来てくださ〜い！」

寝転がりながら冗談っぽく叫んでみるものの、当然返事はない。明日の予定に思考を移す。

寂しくなった食料庫を補充しなければ。あとは農業ギルドに行って手続きも必要だ。ああ、まだ書類を書いていなかったわ。起きたら最初にやらないと。

頭の中であれこれ段取りを考えているうちに、私はまどろみのなかへ落ちていったのだった。

2

窓から射し込む熱いくらいの日差し。少々の寝苦しさと共に目が覚めた。

外に出て陽の光を全身に浴びれば体中の細胞がビタミンDを合成し始める。

本日の予定は食料品の購入、サルシナさんの店への卸売り、そして農業ギルドへの訪問だ。

農業ギルドというのはトロピカリの農家がもれなく参加している集まりだ。

農業とは人手と資金が要る産業なので、困ったことがあったらギルドが助けてくれる仕組みになっている。資金繰りに困ったとなれば好条件で融資を受けられるし、単独で買うには高価な機械を共同購入したりしている。日本でいう農業組合に近い。私も薬草などを育てて売っているので登録しているというわけである。ちなみにギルドは業界ごとに存在していて、他には商業ギルドや郵便ギルドなどがある。

話を戻すと、今回農業ギルドに行く理由はギルドが母体の総合商店に品物を卸したいから。そのためにはギルド長の承認が必要なのだ。

総合商店とは業者向けの大型スーパーのようなお店だ。

デルさんとの専属契約が決まったので、これまで通り個別に店を回って素材を卸していると時間的に厳しいものがある。ギルドに一括で卸して総合商店に置いてもらい、そこから各自購入してもらおうという狙いだ。もちろんサルシナさんには恩義があるので彼女だけは例外。今後も直接お付き合いさせていただく。

ギルドを経由することで流通経費がかさんで利益は減ってしまうけれど、そこは苦渋の決断だ。

籠いっぱいに卸し売る薬草や漢方薬を詰めたらいざ出発だ。さんさんと照る陽のもと、足元の芝生が生き生き青々としている。

「重そうだな」

「えっ⁉」

聞き覚えのある美声に振り返ると、やはり彼だった。家のすぐ裏にある森、その手前にある切り株に彼は腰かけていた。

「デルマティティディス様！　いつの間に来ていたんですか。お声を掛けてくだされば よかったのに。あっいえ、気が付かなくて申し訳ありません」

一体いつからいたのだろうか？　薬草を摘みに外に出ていたときは気が付かなかった。

彼は長い脚でさくさくと芝生を踏みこちらへやって来る。

「ああ。用があってな、少々抜け出してきた。作業を邪魔すると悪いのでここで待っていたのだ。……というか、なんだその呼び方は？　言葉遣いも以前と違うように思うが？」

首をかしげて腕を組むデルさん。麗しい眉がひそめられ不機嫌なオーラが漂う。

び、美人に睨まれると怖いわ……。でも親しき仲にも礼儀ありだからね、これは譲れないわ！

昨晩態度を改めねばと決意したばかりだ。何事も公私混同するとろくなことがない。

専属薬師として接するときはきちんと線引きしたかった。

　彼の不機嫌顔をはねのけるように言葉に力を込める。

「私はデルマティティディス様の専属薬師になりました。きちんと仕事をさせていただく以上、礼を欠いた態度はとれません。これは私のちっぽけな矜持です。……なによりあなたはこの国の王様ではないですか。今までの私の態度のほうが間違っていたのです」

　そうきっぱり伝えると、デルさんは露骨にしょんぼりする。大きな身体は穴の開いた風船のようにみるみる小さくなり、一気に覇気がなくなった。

　あまりの落ち込みようにうっと胸が詰まる。悪いことをしている気分だ。しかしここで絆されてはいけない。

　――この反応は想定内よ。デルさんは立場上気安い友人が作れなかったんだもの。私は専属薬師だけど、兼友人ということも求められているんでしょう。

　そう正しく理解しているからこその提案だ。

「元の世界の言葉で親しき仲にも礼儀あり、というものがあります。親密ゆえに礼儀を欠くと不和のもとになる。きちんと配慮をしなさいという意味です。……ですのでデルマティティディス様にとっては不本意かもしれませんが、仕事中や公の場ではやはり相応の態度で対応させていただきたく思います」

しおれたデルさんがなにか言おうと口を開いたけれど、構わず言葉を続ける。

「でももし……デルマティティディス様がよろしければの話ですが。仕事以外の場やふたりで世間話をするときに関しては、これまで通り砕けた態度でお話できたらいいなと思っております。デルマティティディス様が私に求めていることは専属薬師兼友人であると承知しております。友人らしく愛称で呼び合うという親しさをもって、この件はご容赦いただけないでしょうか？」

愛称呼びはなかなか恥ずかしい提案だけれど、デルさんの意にそぐわないことをして申し訳ないという思いはある。それに、私だって打ち解けた関係で付き合えるほうがほんとうは嬉しい。そこをわかってほしくて、失礼を承知で思い切って持ち掛けてみたところだ。

なお、私はセーナというこれといってあだ名のつけようがない名前をしている。だから愛称で呼び合うといっても正確には私がデルさんを一方的に愛称呼びするというものである。

デルさんから反応はない。両手で顔を覆い固まってしまっている。

……あれ？　もしかして私、やっちゃった？

冷や汗がどっと吹き出し、背中がじわりと湿る。

「あ、あの！　大変失礼いたしました!!　魔王様を愛称で呼びたいだなんて不敬もいいところです。優しくしてくださるのを勘違いして調子に乗ってしまいました。２度は致しませんので、どうか今の発言をお許しくださいっ！」

芝生に正座し深々と頭を下げる。

愛称で呼びたいなんて、無礼もいいところだったわ！

おでこを芝生につけながら軽率な行動に唇を噛む。天下の魔王様を愛称で呼ぶなんて、そんなこと許されるわけがなかった。どうして私はこんな愚かな考えをしてしまったのだろう。「友人」という約束に浮かれていたのは私のほうじゃないの！

――罰を受けることになるのだろうか。心臓がうるさいぐらいに高鳴っている。

厳しい言葉を浴びせられることを覚悟したものの、しかし、彼の口から出たのは意外なものだった。

「わ、わかった」

「……はい？」

なにがわかったというのか。

デルさんをちらりと見上げると、彼は引き続き両手で顔を覆っていた。

「で、デルマティティディス様？　どうされましたか？」

デルさんの顔は小さく、手は大きい。顔がすっぽりと隠れていて表情がちっとも見えない。

どうして彼は顔を隠しているのだろう。もしかして、私は見るに堪えないくらい嫌われてしまったのかしら……。

「いや……何でもない。あまりこちらを見ないでくれ。本当に、参ったな。わたしは一体どうしたらいいんだ……？」

しなやかな指の隙間からぼそぼそと呟くデルさん。

さっぱり状況が摑めないけれど、見るなと言われたので再び芝生におでこをつける。

「……あ、いや、すまない。顔を上げてくれ。そんなことをする必要はない」

「いえ、すみません。軽率な発言でご気分を害されたかと思うので、謝罪するのは当然で――」

「怒ってなどいない。少し――そう、少し驚いただけだ。ほら、汚れてしまうから早く立ちなさい」

気に障ったわけではなかったようでひとまず安心する。彼の言葉を受けて立ち上がり、スカートに付いた芝生を払って身なりを整える。

彼は顔を覆うのをやめて私の様子をじっと見ていた。その表情はどこか緩んでいて、ああ照れ臭かったのかしらとピンときた。

予想外のことを言われて面食らっただけだとわかれば、私の心拍数もどんどん落ち着いていく。

「その……つまりだ。あ、あい……愛称だったか？　悪くない。非常にいい考えだ。そなたの提案を受け入れよう」

デルさんは腰に佩いた剣の柄を弄りながら、ちらちらと私に視線を送る。その様子がなんとも微笑ましくて、自然と私も嬉しい気持ちになる。

「ありがとうございます！　さっそくですけれども、なんとお呼びしたらよろしいでしょうか？」

「わ、わからん。そのようなことを言われるのは初めてだからな……。セーナが適当に考えてくれ」

魔王様相手に適当に考えられるわけがない。けれど、私の頭の中ではもう選択肢は１つだった。脳内では既に馴染み深いあの呼び方だ。

「かしこまりました。……では、お名前の頭文字を取ってデル様はいかがでしょうか？」

「……っ！」

デルさんは透明人間に膝カックンされたかのように、勢いよく崩れ落ちた。

「えっ!?　だ、大丈夫ですか!?」

芝生に蹲り肩を震わせるデルさん。ぶつぶつと何事か呟いているけれど、よく聞こえない。

鍛えてらっしゃるようだから、足腰が弱いとは思えないけれど……？

もしかして矢毒は関節にも作用しているのだろうか。処方の再検討が必要かと考えながら彼をじっと観察していると、琥珀色の角がほんのり赤みがかっていることに気が付いた。

この現象は以前にも見たことがある。そのときもデルさんの様子はおかしかった。また全身状態が悪くなってきたのかしら。心配になって慌てて傍に駆け寄る。

「デルマティティディス様、どうされましたか？　……んんっ？　なにこれ？」

蹲る彼の周りに色とりどりの可愛らしい花畑ができていた。比喩ではなく現実に。ポンポンと音を立てて綺麗なお花がいくつも咲き、小さな花畑が現在進行形で形成されている。どこからともなく小さな白い蝶々もやって来た。

なんだろうこの現象は？　こんな速さで植物が育ち開花するなんて非科学的だ。ということはまた魔法のようなものなのかしら……？

様子のおかしいデルさんに現在進行形で広がる花畑。この2つが全く結びつかなくて首をひねる。

「――セーナ、わたしは大丈夫だ」

コホンとひとつ咳（せき）をしてデルさんは立ち上がる。

大丈夫と言いつつも角の赤みは継続している。ほんとうに平気なのかしらと疑いの眼差しを向けていると、彼は足元の綺麗なお花をいくつか摘み取った。

パチン！　何度か聞いたことのある音が鳴り響く。

とっさに竜巻が来ると思って目を閉じるけれど、待ってもその気配はない。恐る恐る目を開くとデルさんが跪いて可愛らしいブーケを差し出していた。

色とりどりのお花が彼の瞳と同じ青いリボンできっちりまとめられている。

「えっ……？」

どう見ても私に向かって差し出されている。でも、もらえるような心当たりがない。

もしかして私の背後に誰かがいて、その人に向かって差し出しているのだろうか。急いで振り向くけれど、きらきらと水面が輝く湖があるだけだ。

さっきから状況の理解が追いつかない。困惑して固まっているとデルさんがゆっくりと口を開いた。

「わたしの良き友人にこの花束を。……受け取ってもらえるだろうか？」

「わ、私に？　しかし、頂けるようなことをしていません」

そう答えると、デルさんは困ったように頬を掻いた。

「理由がないと、だめか？　……わたしはそなたと一緒にいると感じたことのないような心地よい気分になれる。強いて言うのであればその礼だ」

驚いて彼の顔を見つめると、美しい瞳と口元がゆっくりと弧を描く。それはそれは美しい天女の笑みが返ってきた。

……魔王様なのに天女とはおかしいかもしれない。けれど、やはり天女のように見えた。この世のものとは思えない人外の美しさ。「魔」というのが似つかわしくないほどに見た目も心も清廉で、高潔で、慈しみに溢れた存在。

それが私にとっての彼なのだという想いがどこからともなく湧いてくる。このひとと出会えてほんとうによかった。

ブーケを受け取ると彼は息を呑んだ。まるで受け取ってもらえるとは思っていなかったかのように。

「……デル様、ありがとうございます。これからもよろしくお願いします」

そう伝えれば、どちらからともなく私たちは破顔した。

3

それからしばらく木陰で談笑していた。彼の隣は心地よくて春の日差しのように温かく穏やかだ。基本的には私ばかりが日々のことを話しているのだけれど、彼はとても丁寧に耳を傾けてくれた。

ふと日がかなり高くなっていることに気が付く。もう出発しないと夕暮れまでに帰ることができない。

――デル様。先ほどお話しした通り私は市場に用事があるんです。すみませんが、そろそろ出発しますね」

「そうか。護衛代わりに付いて行こうか？　虚弱だがわたしはそれなりに強いぞ」

「魔王様が護衛って意味わかりませんよ!?　トロピカリの治安は悪くないですし、ひとりで問題ありません。でもお気遣いはありがとうございます」

「……セーナが嫌ならやめておこう」

デル様は少し残念そうな顔をしていたけれど、素直に引き下がった。

「ではこの家でそなたの帰りを待つことにする。すまないが机を借りていいだろうか？　書類仕事をしたい」

「ああ！　ご用事があるんでしたよね。すみません。すっかり忘れて私の話ばかりしてしまいました。今お伺いしますよ」

「いや、違うんだ。ああ、いや、違うというのはおかしいな。その、ひとりでできるから問題ない……」

「？」

なぜかしどろもどろになるデル様。普段余裕たっぷりで焦ることのない彼にしてはとても珍しい表情だ。あっ、また角が赤くなり始めている！

なにか事情がありそうだけれど、話してくれないところをみると突っ込まないほうがよさそうだ。誰にだって言いにくいことはあるし、彼が言いたくないなら無理に知ろうとは思わない。

「それは構いませんけれど、私が戻るのは夕方ですよ。一度お城へ帰られたほうがリラックスしてお仕事できるんじゃないです？　仕事道具を持ってくるのも大変でしょうし」

「いや、ここがいいんだ。必要なものは魔法陣で送らせるから手間ではない」

魔力は掃いて捨てるほどあるからな、とデル様は付け加えた。

「そうですか。じゃあ、なにもない家ですがくつろいでいてください」

「ありがとう。護衛できない代わりにこれはさせてくれ。往路だけですまないが」

そう言うと彼は唐突に快晴の空に向かって手のひらをかざし、なにやら呪文のようなものを呟き始めた。

「なんですか？　なにかの魔法でしょうか」

私の問いにデル様は言葉ではなく目を細めて答えた。

かざした大きな左手の指先からはまばゆい光が四方に飛び出し、ひし形の魔法陣のような模様を描き始める。そしてその模様に引きずられるように周囲の空間が歪んでいく。

指パチンの竜巻魔法とはまた違う種類のものだと直感した。

魔法陣の上にはいくつもの小さな粒が出現し、円状の軌道を描き交差する。それらは互いに合体していき、そして少し大きな粒になり――を繰り返す。まるで空気中の物質、原子や分子、そんなものを分解してなにかを再構成しているようだ。

ロマンチックの欠片もない感想だと我ながら残念だけど、理系脳の私にはこれ以上ない神秘的な光景が広がっている。視線を外すことができない。

改めてデル様の凄さを目の当たりにして、ぽかんと口が開いたままになる。物質を分解して別のものを創造するなんて神の所業ではないか。

とんでもない友人を持ってしまった。そう思いながら彼の顔を見ると、真剣な表情が緩んで微笑み返してくれた。間抜けな顔を見られて少し恥ずかしい。

パチンッ！

指を弾く例の音がすると同時に、魔法陣から七色の光が勢いよく飛び出していく。勢いに押された光の欠片がきらきらと私たちの頭上に降り注ぐ。

「わぁ…………っ!!」

呼吸を忘れて神々しい光景に目を奪われる。七色の光は龍のように螺旋を描いてぐんぐんと天に昇る。森を越えてゆるやかに弧を描き、悠々と空を翔け、最終的に遠くの地面に根を下ろした。――まるで大きな大きなアーチのように。

「デル様っ！　これは虹ですね!?」

色めき立って彼に呼び掛ける。

「そうだ。しかしただの虹ではないぞ。荷物を持ってそこに座りなさい」

デル様が機嫌良くある1点を指し示した。芝生から生えている虹の根本だ。

座る？　虹に座れるの？

疑問でいっぱいだったけれど、これはデル様が創ったものだ。創造主が座れるというのならそうなんだろう。

恐る恐る虹にもたれかかるように腰を下ろしてみる。と、お尻に固く触れて確かに座ることができた。常識ではあり得ない現象が起きている。奇妙な気分だ。

「ではセーナ、行ってくるといい。そなたが降り次第これは片付ける。帰りは歩いて戻るように。ひとりなのだからくれぐれも気を付けるのだぞ」

「えっ？　じょ、状況が呑み込めないんですが………きゃっ⁉」

お尻の下の虹が動き出した。めまいがしたかのようにぐらりと身が揺れる。

「わ、わ、わ……っっ⁉」

とっさに籠にすがりついて身を固くする。

虹がベルトコンベアーのようにぐんぐん動き私を運んでいく。みるみるうちに地面が遠ざかり、同じだけ高度が増していく。

怖い怖い怖いっっ‼

あっという間に森の木々がお尻の下に見えるようになった。

なんらファンタジーではない。私は高いところが苦手なのだ。小さくなっていくデル様が満足げな顔をしているけれど、とんでもないことをしてくれたとしか思えない。ぎゅっと強く目を閉じて情報を遮断する。

到着までおそらく10分くらいだったと思うけれど、とても長く感じた。

虹コンベアーの動きが止まったところでようやく目を開ける。降り立ったのは見慣れた黄色い煉瓦道だった。

周囲を見回せば、市場まで5分くらいの場所だ。つまり歩くよりも30分以上早く到着できたことになる。

――顔も身体もガチガチだし、なにより精神的にすごく疲れたわ。

デル様の親切心はありがたいけれど、歩いたほうが疲労は少なかったように思う。

私はよぼよぼと市場に向かって歩き出したのであった。

4

「あれっ、もう閉めるんですか？」

荷物が重たいのでまずは売ってしまいたい。サルシナさんの店へ向かったところ、いそいそと閉店準備をしていた。まだ昼なのにどうしたのかと聞いてみれば「急用が入っちまってね」と教えてくれた。

そんなタイミングで訪問してしまい申し訳なかったけど、持ってきたものは買い取ってもらうことができた。やんごとなき人物の専属薬師になった件を伝えるのはまた今度にした。

サルシナさんと別れたあとは食料品を買いに行く。月に1度の特売市である今日は一段と人が多く、どの店もお買い得品をアピールしており呼び込みに余念がない。

野菜を少々と調味料、魚の干物をそれぞれの露店を回って購入する。普段よりもお得に手に入れることができて満足だ。

「……さて。これで予定してた買い物は終了ね。ギルドに行く前にライのところに寄ってみようかしら」

もちろんデル様の専属になっただなんて口が裂けても言えないので、ちょっと挨拶をしてすぐに別れた。

まだ時間に余裕があったので、ジャックの家まで足を延ばしてヒヨコの置物のお礼を伝えた。お母様も順調に回復しているし殺鼠剤の商売も上々のよう。親子に笑顔が戻ってほんとうによかった。

「……さて。最後は農業ギルドね」

地図を頼りに道をゆけば10分ほどでそれと思(おぼ)しき場所に辿り着いた。各業界のギルドが集まるエリアの1等地に鎮座する、花崗岩でできた白く荘厳な建物である。

「立派な建物ねえ。3階建てなのは農業ギルドだけじゃないの」

木造平屋や煉瓦2階建ての建物が軒を連ねるなか、ここだけかなり存在感がある。さすが農業都市トロピカリの農業ギルドというところか。夏の日差しを受けてきらりと光るギルドのエンブレムが眩しい。

受付で用件を告げると3階にのぼるよう指示される。ギルド長とはすぐに面会できるようだ。廊下の椅子に腰かけて待っていると、目の前のドアの向こうから男女の嬌声が聞こえてきた。

ひ、昼間からなにをしているのかしら⁉　しかもこんなお役所で！

明らかに聞いてはいけない声である。自分はここにいてもいいのだろうか。居たたまれない心地になってきたので、向こうの椅子に移ろうと腰を上げた瞬間ドアが開く。

「あ……。お客さんですか？　中へどうぞ」

紅潮した頬に乱れたシャツ。明らかに仕事以外のことをしていたと思われる美女は、私を見ても特に焦ることなくそう言った。

「あ、は、はぁ。では失礼します……」

どぎまぎしながら1歩入室する。

むわんと男性用の香水の匂いが鼻を突き思わず顔をしかめる。そこはいかにもお金がかかっていそうな豪奢な部屋で、ふかふかの敷物と革張りのソファ、金ぴかの彫刻などが置いてあった。

正面に「ギルド長」と札のついた大きな執務机が鎮座しており、男性が着席している。農業ギルドだけに日焼けした筋骨隆々のおじ様を想像していたけれど、これは……。予想に反してギルド長は金髪碧眼の涼やかな青年だった。恐らく私とそう変わらない年齢ではないだろうか。

長髪をゆるく3つ編みにして肩から垂らしており、机に置かれた手は農業をしているのか疑いたくなるほど華奢で色白だ。全体的に線が細く、まるで王子様みたいだわと変に感心してしまうぐらい。しかし、20代でギルド長に就いている以上かなりのやり手なんだろう。

青年も先ほどの美女同様、気怠そうな表情をして頬杖で顔を支えている。手元の書類に視線を落としたまま話を始めた。

「ええと。あなたがセーナさん、ね。主に薬草や調合した薬を取り扱っている、と。総合商店に卸すのはもちろん構わないんだけど、一応理由を聞いてもいいかな？　あ、申し遅れたけど僕はギルド長をしているロイです」

「はい。薬師をしているセーナと申します。この度薬師として専属契約が決まりましたので、今までのように顧客ひとりひとりのもとへ卸して回ることが難しくなると予想されます。ですので総合商店に大量一括で卸させてもらい、既存の顧客には今後そちらから購入してもらうようにしようと考えました」

「……ふぅん、専属か。もっともな理由だね。うん、総合商店への卸売りを承認しよう。これが許可証だ」

随分とあっさり許可が下りた。基本的に断られることはないと聞いていたけれど、少し心配していたので胸を撫で下ろす。

ロイさんは書類に大きな判子を押して渡してくれた。初回の卸売り時に総合商店にこれを提示すればよく、2回目からは自由に出入りしていいとのことだ。

「ありがとうございます。今後ともお世話になります」

一礼して踵を返し、ドアに向かって歩き出す。

背中に一瞬強い視線を感じたような気がしたけれど、気のせいだと思った。

5

「急に悪いな、サルシナ」

「とんでもございません」

床に膝をつき目を伏せる。相手に絶対服従を示す魔族の最高礼だ。面を上げようという言葉があるまで我が主の尊顔を見てはいけない。

――いつものように市場で店を出していたところ急に念話が来た。何かと思えば用が済んだらセーナの家に来てほしいとの仰せ。慌てて店を閉めて駆け付けた。

デルマティティディス陛下は歴代随一の有能な魔王で、日ごろ他の者に頼ることはほとんどない。何か火急の問題でも起こったのだろうかと身を引き締める。

「面を上げよ。セーナの薬草は買い取ってから来たな？」

「恐れ入ります。――もちろんでございます。店じまいをしているところにセーナが来ました」

許しが出たので陛下を見上げながらお答えする。

魔王にふさわしい威風堂々とした佇まい。漏れ出す魔力は非常に甘美で、冷え冷えとした青い瞳とは対照的だ。頭上にそびえる琥珀の双頂は魔族の長にのみもたらされる支配者の証(あかし)だ。

「――それにしても、陛下の専属薬師がセーナだとは驚きました」

「ああ、彼女の腕は本物だ。……というより、トロピカリに凄腕(すごうで)の薬師がいると情報を寄越したのはサルシナだろう？」

「……陛下の御目(おめ)に適(かな)ったようで光栄に存じます」

陛下の命により魔族は人間に化けて市中生活をしている。それは人間を怖がらせないようにするのと同時に調査の役割も兼ねている。街で争いごとが起きていないか、困窮している民はいないか、優れた技能を持つ者はいないか。該当するものがあれば王城へ報告することになっている。そうやってブラストマイセスはこの100年発展を遂げてきた。

「ジャックの件も聞き及んでいる。セーナは腕があるだけでなく心根も優れた薬師だな」

「救済について、陛下が領主に命を出すまでもありませんでしたね」

「ああ」

陛下は魔族の同胞はもちろん人間にも惜しみなく手を差し伸べる優しいお方だ。ゆくゆくは魔族が本来の姿で人間と共存できる方法を模索しておられる。こんな方にお仕えできることはわたしの誇りだ。どのような任務であっても必ず遂行してみせよう。

「それで、御用は何でしょうか」

「うむ。セーナが帰ってくるまでに何か彼女の喜ぶことをして驚かせたいのだ。なにぶん知り合って日が浅いので、彼女をよく知るそなたの意見を聞かせてほしいと思ってな」

「――――はい？」

思わず聞き返すも、ぱっと目を逸らして角を赤らめる我が主。んっ？　あれっ？　ど

ういうこと⁉

陛下が幼少の頃からお仕えしているので角が赤らむのがどういうことかは理解している。恥ずかしいときや照れているときにそうなるのだ。ただ残念なことに陛下はそのことに気が付いていない。無自覚なのである。

先の発言が聞き違いでなければ――そして角を赤らめて目線を泳がせる陛下の姿が幻視でなければ――陛下はセーナのことが気になっているということだろうか？　気を引きたいから知恵を貸せ、そういう指令なのだろうか……？

こんな類の指令は初めてだ。日々城に届く御令嬢方からの贈り物を一瞥もせず臣下に下げ渡すくらい女性に関心がないというのに。

にわかには信じられない事態である。

陛下の表情を読み取ろうと尊顔を見つめていると、その目はどこか物悲しく切ない感情を孕んでいた。

――もしかしたらわたしの勘違いかもしれない。

恋愛感情ではなく、薬の取引のことでセーナの機嫌を取る必要があるのかもしれない。彼女に限ってそんなことはしないと思うが、何らかの理由で薬の出し惜しみをされている可能性も捨てきれない。

目的をはき違えてしまうと任務遂行に支障が出る。不明瞭なことは確認しておくのが鉄則だ。

「あの……立ち入ったことをお伺いする無礼をお許しください。陛下はセーナのことが好きなのでしょうか？　それとも取引関係で問題が起きているのでしょうか？」

途端びくりと主の肩が揺れる。陛下は素早くわたしに背を向けて窓の外に顔を向けた。

「……取引に問題があるわけではない。むしろ彼女は効果の高い薬を破格で調合してくれている。――それで、すっ、好きかどうかということは、その、だな――」

……妙な間が空く。

あっ、これは黒だな。わたしは瞬時に答えを出した。

だてに長年お側に仕えていたわけではない。口ごもるばかりか、その角はもはや深紅にまで染まり上がっている。――我が主がついに恋をしたのだ！

優秀だ、歴代随一の強さだ、なんて評判を持ちながらも一切浮ついた話のなかった陛下。魔王ともあれば女を選り取り見取りとっかえひっかえするのが普通である。近年は男色なのかという愚かな噂まで出始めていたので、この恋の報せは魔族一同にとって非常に喜ばしいものだ。

湧き上がる歓喜の感情を抑え込みながら、努めて落ち着いた声を出す。

「陛下、申し訳ございません。みなまで言わずともこのサルシナは一切を承知いたしました」

「そ、そうか。やはりそなたは優秀だな」

そこでようやく陛下はこちらを振り返った。

口元には柔らかな笑みが浮かび頬はうっすらと紅潮しておられる。久しく見ていない表情をされていたことにわたしは2度驚いた。陛下は本気だ。

セーナは魔法が使えないはずだけれど、一体どんな方法で心を掴んだというのだろう。小柄で黒い巻き毛を持つ彼女の姿を思い浮かべながら、どうやったら彼女と主の仲立ちができるかに素早く考えを巡らせる。

「——セーナは物欲が無い子なので、ドレスや宝石といった一般的な令嬢が好むような贈り物は向かないでしょう。恐縮して持て余すと思います」

そう進言すると陛下は大きく頷いた。

「一理あるな。セーナは華美な暮らしよりも機能的で無駄のない暮らしのほうが気に入りそうだ」

「これを申し上げると元も子もないことは承知で発言いたします。最も喜ぶことをして差し上げたいのなら、やはり本人に聞くのがよいでしょう。今日は時間も限られていますし、下手に何かをして印象を下げることになってはいけません」

「う、うむ……。確かに尋ねるのが最善だな……。だがしかし……」

眉を下げて室内をうろうろと歩き始める陛下。

ああ、少しでも何かしないと気が済まないのだろうか。本当に、いつもの凜々(りり)しいお姿とはまるで別人である。

「――では、今日のところはセーナが気付くかどうか分からない程度の、さりげないことだけしてみてはいかがでしょう？」

陛下の顔にみるみる喜色が滲む。どうやらわたしの読みは外していなかったようだ。

そうして僭越(せんえつ)ながら助言をさせていただくと、我が主はさっそく行動に移した。


――数時間後。


「なぁ、サルシナ……いや、今はケルベロス(冥界の番犬)と呼ぶべきか。セーナが気付かない程度の些細なことでというのは理解しているが、少々些細すぎやしないか？」

『これでいいのです、我が主。家中の扉の歪みを直して建付けをよくする。靴下に空いている穴を縫い付ける、花瓶に美しい花を生ける、なぜか壺(つぼ)にみっちり詰まっている害虫ミマルグを処分する。……むしろやりすぎたかもしれません。わたしのケルベロスとしての力を使ってゴキブリ共を1匹残らず冥界送りにしたことも加えると、さすがにセーナも居心地の良さに気付いてしまう可能性があります』

「そ、そうか。セーナが快適に暮らせるのなら、別に構わないのだ……」

住みやすく手入れされた家を前にして我が主は不安げな表情をしていたが、ひとまず呑み込むことにしたようだ。

「次はちゃんとセーナが望むことを聞き出して、それを何としても叶えてやりたいな」

３つの頭を上下に動かして同感ですと伝える。

そのあと陛下は家とその周囲に守護の魔法陣を張り巡らせていた。これによりセーナに害意を持つ者が侵入すると陛下が事態を把握できるというわけだ。甲斐甲斐しく彼女のために精を尽くす陛下は普段の無表情ではなく、とても生き生きとしていた。


セーナが帰ってくる前にと、夕方前には暇を告げた。

あたりは既に薄暗い。町外れにあるこの付近は人通りが完全に途絶える時間だ。

人気がないことをいいことに魔物の姿のまま煉瓦道を走る。やはり本来の姿が一番過ごしやすい。


――セーナの前では気のいい小太り中年女性「サルシナ」として生きているが、真の姿を見たら何を思うだろうか？　化け物と非難され、距離を置かれるだろうか。

……いいや、あの子はそんな人間じゃないと思う。むしろケルベロスの生態について目を輝かせて聞いてきそうな、そんな子なのではないかと思う。薬を売りに来るときは少し猫を被っているようだが、わたしの６つの目は誤魔化せない。

魔物を差別せず平等に扱ってくれる彼女なら、この国の王妃になる未来もあるのかもしれない。

しかし王妃になるには障害も多いだろう。セーナは平民だし、それを補うような実績もない。陛下に絶対服従の魔族たちは異論をあげないだろうが、身分制度が根強く残る人間たちは納得しないかもしれない。陛下は若い貴族令嬢に人気があるし……。

どうやって主とセーナを仲人しようか。ひとりでも多くの民が納得し歓迎するような方法とは――？

今日受けた命令は、「セーナが喜ぶことを考える」だ。しかし、優秀な部下とは主の意向を汲んで何手も先のことをやり遂げるものである。

そんなことを考えながら、市場の手前の物陰で人間サルシナの姿に変化し、雑踏に紛れ込むのであった。

6

卸売りに買い物、農業ギルドでの手続き。全ての予定を無事に消化した私は鼻歌交じりに自宅までの1本道を歩いていた。

だんだんと青に落ちていく茜空の切ない感じ。鳥の群れが巣へ帰っていく姿。煉瓦道に伸びる自分の影に、侘しく響く蜩の声。夕方って一日の中で最も美しいひとときだと思う。この時間を彩る全ての要素が好きだ。

……今日は家でデル様が待ってくれているのよね。誰かがいる家に帰るなんていつぶりかしら？

社会人になってからは1人暮らしをしていたから、4年ぶりだろうか。

仕事に没頭していたから特段マイナスな感情にはならなかったけれど、こうしていざ誰かの待つ家に帰るとなると自然と心が弾む。とても素敵なことだな、と思った。

デル様は執務で疲れているかしら？　そういえば、まだ薬を渡していなかったわ。

あれこれ考えているうちに我が家が見えてきた。部屋に灯りがともっているのが目に入り頬が緩む。

「ただいま帰りました！」

「おかえり、セーナ」

勢いよくドアを開けると、到着がわかっていたかのようにデル様が出迎えてくれた。目を細めて爽やかに微笑む彼は魔王という禍々（まがまが）しい肩書を疑ってしまうぐらい。紳士的な動作で背負っている籠を下ろしてくれた。

「すみません。ありがとうございます」

「よい。用事は滞りなく済んだのか？」

「はい、おかげさまで無事に総合商店に卸せるようになりました。友人のところにも顔を出すことができて充実した一日でしたよ。デル様こそ大丈夫でしたか？　お仕事できましたか？」

「ああ、心配ない。ここはのんびりできるから気に入った」

城は臣下がうろうろしていて窮屈だからな、とデル様は苦笑した。魔王様も堅苦しい雰囲気が苦手なのだと思うと親近感が湧いた。

「それよりセーナは市場に友人がいるのだな？」

唐突にデル様は尋ねた。質問の意図を図りかねた私は狐につままれたようにぽかんとする。

「えっ？　ああ、はい。友人というか恩人というか。ライっていう人なんですけど、彼は私がトロピカリに迷い込んだとき色々と手を貸してくれたんです。それでよくお店に買い物に。若いのにしっかりしてますよ、生意気ですけど」

「ほう……。ライ、か」

黙りこくるデル様。この答えでよかったのだろうかと彼の顔をじっと眺める。これといった表情はないけれど、どことなく面白くなさそうな気色に見えた。

今までの話で機嫌を損ねるような内容があったかしら？　慌てて振り返ってみても心当たりがない。だから私は話題を変えることにした。

「そっ、そういえばデル様。用事とやらはどうなりましたか」

「それはもう大丈夫だ」

拗ねた様子のデル様。短く答えて話は途切れた。

一体どういうことか。常に余裕たっぷりの彼には珍しい態度である。

「そうですか、それはよかったです。あの……。そうだ。今からスープを作りますからよかったら夕飯食べていかれます？　あ、その前にお薬……！」

また忘れるところだった。慌ただしく調剤室に飛び込み、先日作っておいた人参養栄湯と黄連解毒湯を袋詰めしたものを持ってくる。

デル様に椅子を勧め、なぜこの処方を選んだのか、どういうときに飲むのかということを説明する。

「――では、毎日飲むものがニンジンヨウエイトウ、急変時に飲むものがオウレンゲドクトウということだな。これで3か月様子を見て、効果がいまいちであれば別の薬に切り替える、と」

「おっしゃる通りです。デル様は魔王という特殊なお身体ですので、今回は人間に投与する倍の分量でお作りしています。万が一飲んでみて嫌な感じがしましたら、1回の量を半分にして飲んでみてください」

「分かった。そなたの言う通りに飲んでみよう。さっそくの働きに礼を言う、セーナ。代金はいかほどか？」

真面目な話をしたからかデル様の態度は元通りになっていて、ほっと一安心する。

「材料費調合費含め、3か月分で3000パル頂戴いたします」

単発的な調合であればこんなにかからないのだけれど、大量生産に伴う素材調達が大変なので手間賃を上乗せさせてもらっている。心苦しいが魔王様であれば払えないことはないはずだ。

「なんだ、随分と安いな。では専属の上乗せを含め5000払おう」

彼はそう言うと腰元の袋から無造作に硬貨を掴み取り、その中から5000パル——銀貨5枚を机に並べた。

5000パルだなんて、庶民の3か月分の食費だけど!?　私はぎょっとした。

「でっ、デル様は気前がよすぎます！　私、お金は必要十分なだけあればそれでいいのです。幸い薬師業と卸売りが順調なので生活には困ってないですから。女性1人暮らしでお金をいっぱい持っていて、物騒なことに巻き込まれるのも嫌なんです」

机に並んだ銀貨5枚の中から3枚だけ頂戴し、財布にしまった。

その様子をデル様はじっと見つめていたけれど、無理にお金を押し付けることはなく、残った2枚をもとの袋に戻した。

「能力のある者への正当な対価だと思うが……。セーナの薬は画期的で効果も高い。そなたは本当に無欲なのだな。しかし、もし万一困るようなことがあったら遠慮なく言うのだぞ。そなたがこの世界に来たのはわたしの責任なのだから、不自由することがあってはならない」

「お気遣いに感謝します」

ほんとうにデル様はどこまでも優しい。こんなに気にしてもらえたことが人生でなかったので、こそばゆい気持ちで頭を下げる。

「ではセーナ、今日はここで失礼する。せっかくのスープのお誘いだが、また今度楽しみにしている」

彼が立ち上がると天鵞絨のような黒髪がさらりと揺れた。

「わかりました。お気を付けてお帰りください」

一礼すると同時にパチンと音が鳴り響く。彼の姿は竜巻と共にかき消えたのだった。

7

デル様が帰ったがらんどうの部屋を前にして、自然とひとつため息が出た。

そんなわけがないのに室温が5度くらい下がったような気がするし、年季の入った部屋が更に老け込んだように見える。

……寂しいって、こういう気持ちなのかしら……？

今私の身体を支配しているのは27年の人生で初めての感覚だ。胸の奥がすうすうして、冷たい虚無感とひどい熱が入り混じった奇妙な心持ち。

次に彼が来るのは薬が切れる3か月後だろう。それまでの生活が急に味気のないものに思えてしまう。調合や虫の解剖など、やりたいことはいくらでもあったはずなのに。

しおれた気持ちを抱えながら夕飯を作るために台所へ向かう。いつもであればパンとスープとおかず1品というのが定番のメニューなのだけれど――……。

――作るの面倒だな……。今日はいっか……。

なぜだかやる気が出ない。誰かがいればきちんとするけれど、自分ひとりであれば気張る必要もない。保存食で済ませることにして、調理台から離れて食料を収納している戸棚を開く。

「……あれっ」

建付けの悪い戸棚の扉は開閉するたびにギイと悲鳴を上げるのだけれど、音もなくスムーズに開いた。

「自然に直る、なんてことがあるのかしら」

首をひねり何回か扉を動かしてみる。やはり静かでスムーズだ。よくわからないがラッキーなことだ。

「んんっ？　乾燥ミマルグの壺が空になってる。シャ虫の壺もだわ」

おかしい。スナック感覚で楽しめるように乾燥させたミマルグとシャ虫がなくなっている。確かに昨日まではあったんだけれど……。鼠にでも食べられたかしら。

「……まあいいわ。早く食べて休みましょう」

作り置きしていたパンと燻製保存した鮭（さけ）を食べ、早々に寝ることにした。

ドン……ドン……

……ドン……ドン……

壁を叩くような音で意識を取り戻した。半分しか開いていない目で窓の外を見る。まだ真っ暗だ。

今は何時なのだろう。枕元の時計を確認すると、果たして深夜の2時である。

「ん……。こんな時間に一体なんなの……？」

身体を起こしてごしごしと目を擦（こす）れば次第に意識が明瞭になる。

と同時に心臓がどくりと強く打つ。物音は我が家の玄関ドアを叩く音だったのだ。

——もしかして、泥棒？

そう気が付いてしまった途端、鼓動が一気にテンポを上げる。

どうしよう、どうしよう！　とりあえず灯りをつけたほうがいい？　でも、かえって危ないかしら？　それより武器を用意するべき？　武器になりそうなものは……包丁と小型ナイフぐらいしかないけれどっ！

一瞬で様々な案が頭を駆け巡る。

しかしそれは全て無駄だった。なぜなら次の瞬間、玄関の鍵が破られたから。

ゴトリと鈍く非情な音が鼓膜を揺らす。錠前が地面に落ちる音だった。

あっ、もうだめだ。私は本能的に死を覚悟した。

包丁を取りに行くことも、もう無意味だと思った。

こんな小屋に押し入るような輩は私より１００倍強いに決まっているし、私には相手を傷つける勇気もない。せいぜい振り回して威嚇するのが関の山だ。

結局どうすることもできない。為す術もなくドアのほうを凝視していると、やはりと言うべきか数人がどかどかと押し入ってきた。足音を抑えるつもりもなく無遠慮な様相だ。

月明かりが逆光になっているので顔は見えない。

ハッ、ハッ、と無意識に呼吸が浅くなる。

先頭の人物と目が合った。覆面を被っているようで、２つ空いた穴からきらりと光るものが見えた。

ベッドの上に縫い留められている私を認めると、先頭が後ろの数名にハンドサインでなにか指示を送った。彼らがこちらに大股で歩いてくる。

手に縄を持っているのが目に入り、ああ、私は誘拐されるのか、それとも強盗だろうかと変に冷静になる。

多勢に無勢。抵抗することは得策ではないと思った。

「命が惜しければ抵抗するな」

男性の声がそう言い、私は首をぶんぶんと縦に振る。

男たちは私の手足をあっという間に縛りあげ、口に布を突っ込んで声が出せないようにした。布は饐えたにおいがして思わずえずく。

彼らは大きな袋を取り出した。私を乱雑に抱え上げてずぼっと突っ込む。目の粗い布袋のようで、織り目の隙間から彼らの動きが微かに見える。繊維がちくちくして地味に不快だ。

……でも、こんな目に遭う心当たりがないわ。誰かと間違えているんじゃないかしら。私なんかを襲うメリットが思いつかない。

薬草や漢方薬が欲しいならサルシナさんの店にあるし、別の薬屋だって市場にはあるのだ。売り惜しみをしたことなんて1度もない。それにお金をたっぷり稼いでいるわけでもない。町外れの掘っ立て小屋に住んでいる時点でそれはお察しだろう。

それとも私が身元の怪しい人間だから？　……いや、トロピカリに来てもう半年は経つから今更だわ。

いずれにしろこれは異世界生活始まって以来の大ピンチだ。

ふっと身体が浮く感覚があり、次の瞬間にはお腹に鈍い痛みが走る。どうやら担ぎ上げられたらしい。男の肩が腹にめりこんで痛む。

どこかに連れて行かれる。私は誘拐されるんだ――。

さようなら私の平和な日常。ごめんなさいデル様。病気を治すという約束を守れないまま姿を消すことになって……。

命の危機よりも約束を守れないことの口惜しさが勝る。私の腕を買って必要としてくれた信頼に応えられないことが残念でならなかった。

臭い布と腹の痛みに顔をしかめながら、袋の中で私は静かに目を閉じた。

8

ゆっさゆっさと私を担いでどこかへ急ぐ男たち。

袋の布目から月明かりがぼんやりと感じられる。男たちの荒い息遣いと草を踏みしめる音だけが耳に入る。

（一体どこへ向かっているの？　私がいなくなったことに誰か気が付いてくれるかしら……？）

1人暮らしで困るのはこういう非常事態だ。事件に巻き込まれたとか急病で倒れたとか。特に私は身寄りがないので、誰かが気付いてくれたときには手遅れということだって十分にあり得る。

つまるところ、助けは当てにせず自分でどうにか逃げ出すしかない。タイミングはあるかしら？　あれこれ考えて少し平静を取り戻した、次の瞬間。

——————カッ!!

袋の中からでもわかる凄まじい閃光が走った。ほんの一瞬まるで昼間かのように明るくなる。

(!?)

遅れて耳をつんざくような轟音が鼓膜を震わせた。地面が地震のように細かく振動し、空気が一気に張り詰める。男がぐらりとふらついて、私入りの袋は地面に放り出された。

(んんっ！)

口に布を噛まされているため悲鳴は吸い込まれる。地面に思い切り腰と肩を打ちつけじんじんと鈍い痛みが襲う。幸い森の柔らかい地面の上なので大きな怪我ではなさそうだけど、痛いものは痛い。

もごもごと蠢いてみるけれど、袋の口はしっかり閉じられていて脱出することはできない。芋虫のようにクネクネするしかない中で、この張り詰めた空気感に本能が警鐘を鳴らしていた。

――なにかかなり並外れたものが近づいている気がする。この誘拐犯たちなんて比べるまでもない圧倒的な覇者のオーラ。空気すらその存在を恐れるようにぶるぶる震えていて、全ての森羅万象をも跪かせるような、一切を超越するような存在がこちらに迫っている。

と、男たちの焦れた声が耳に入る。

「おい、今のは何だ？」

「まずいな。魔物でもいるのか？」

「……チッ。女は捨てろ。仕切り直しだ。とにかくずらかるぞ」

短いやりとりの後、慌ただしく走り去る足音が聞こえた。

どうやら私は捨てられたらしい。

こんな危険な場所に置いて行かれるくらいならいっそ連れて行ってほしかった。誘拐されるか、これからここに来るであろうとんでもないなにかに殺されるかの２択であれば、答えは圧倒的に前者だ。

（誰か！　誰か助けて！）

布越しに大声を上げる。しかしそれはただの呻き声にしかならない。それでも必死に声を上げ身をよじり続ける。

ッドーーーーーーン!!

再びの衝撃音。突き上げるように地面が揺れて思わず身を固くする。

一拍遅れてメリメリメリッと嫌な音がし、なにかが爆散したような衝撃波と熱風を感じる。パラパラと枝や小石らしいものが布袋の上に落ちる。

(今度はなに？　どういう状況!?)

目まぐるしく変わる状況に頭が付いていけない。手足と口を不自由にされているせいで恐怖の逃げ場がなく、呼吸と不安だけが増えてすごく息苦しい。

今回の爆音は先ほどの雷と違って少し離れたところのようで、私にはこれといって被害はなかった。

例のとんでもないなにかが暴れているのだろうか？　平和ボケしている私にすらはっきり感知できる殺気だ。

(まだ死にたくない……誰か助けて……)

為す術もなく脱力して転がっていると、張り詰めた空気が緩むのを感じた。

周囲の森全体がほっと安心して一息ついているような……例えるならそんな雰囲気だ。とんでもないなにかは去ったのだろうか。

(助かるかもしれない……)

熱風に当てられたからなのか極度の緊張からなのか、喉の渇きが酷(ひど)い。水、水が欲しい。袋の口が開かないかと再度必死にクネクネしていると、向こうから草を踏みしめる足音が聞こえてきた。

（誘拐犯が戻ってきた？　それとも別の人かしら。ええい、もう誰でもいいからここから出して！）

　こんな深夜に外をうろつくような人間はまともじゃないだろうけど、もうなんだっていい。悪い人だったら不意を突いて股間を蹴り上げて逃げればいいやと思う。睾丸(こうがん)は人体の急所の１つであり、力のない女性でも大きなダメージを与えることができる。

　足音の主は私(袋)に気付いたのだろうか、こちらに駆け寄るように速くなり、頭の横でぴたりと立ち止まったのがわかった。

「セーナ、大丈夫か⁉　遅くなってすまない！」

（⁉）

　口に布を噛まされているので返事ができないけれど、この声の主を私は知っている。

　迷いのない手つきであっという間に袋が開封され、私はひんやりとした夜の空気を肺いっぱいに吸い込んだ。

　眉を下げてこちらを覗き込んでいたのは――月明かりに琥珀が妖艶に照らされた魔王様だった。

9

心配そうに私を覗き込むデル様。いつものクールな表情はどこにもなくて、焦りと不安の色がありありと浮かんでいた。張り詰めた緊張が緩んでいく。

彼は急いで私の口から布を引っ張り出し、手足を縛っていた縄も解いてくれた。

彼はどうしてここにいるのかしら？　うちに忘れ物でもしたんだろうか。

「デル様……どうしてここに」

「昼間、この家の周りに魔法陣を巡らせておいた。そなたに危機が迫るとわたしが感知できるものだ」

「そ、そうだったのですね」

私の安全を保証すると言ってくれていたからその一環なのだろう。さっそく役に立つなんて運がいいのか悪いのか。とにかく命拾いした。

「怪我はないか？　怖い目に遭ったな。もう大丈夫だ」

デル様の大きな手のひらが私の頭を撫でた。安心感から思わず涙が込み上げてくるけれど、必死に我慢する。

「はい……。何者かが鍵を壊して家に押し入ってきまして、攫(さら)われるところでした。でもデル様、まだ安心できないんです。さっきからなにか様子がおかしくて……！」

「様子がおかしい？　まだ鼠がいるのか？　どういうことだ、セーナ」

鼠？　と気になったけれど、今は情報を伝えることが先だ。震える声で続ける。

「私を攫おうとした人たちの他に、もっとすごいなにかがいたんです。デル様が来る少し前に気配は消えちゃったんですけど、もしかしたら戻ってくるかもしれません。衝撃音の方向からして誘拐犯たちは攻撃を受けたようです」

デル様はお強いのだろうけど、さっきのなにかは言葉にならないほど凄まじかった。もし鉢合わせてしまったら戦いに発展してしまうかもしれない。デル様が怪我でもしたら国としてとんでもない事態になってしまう。

そうなる前に逃げたほうがいいと必死に彼を見上げると、なぜか彼は力の抜けた顔をしていた。

「……大丈夫だ、セーナ。その何かであれば心配はいらない。それがそなたを傷つけることはあり得ない」

「えっ。随分お詳しいのですね？　もしかしてこちらに来るときに見かけましたか？」

事情を知っているかのような口ぶりが気になった。しかしデル様はただ薄く笑うだけでなにも言わなかった。

「……じゃあ、そのなにかがデル様を傷つけることもないですか？」

質問を変えると、デル様はにこりと笑った。

「ああ、その心配もない。優しいな、わたしの心配をしてくれたのか？」

「そ、そりゃあそうですよ！　私たちふたり共の安全が確保できないと安心できません」

その言葉を聞いたデル様は目を細めてたっぷりと艶麗に微笑んだ。満月を背にしたその姿は背筋が凍るほどに美しい。

うっ……！　この御方はご自分の美しさを理解しているのかしら？　これは世のご令嬢たちが放っておかないでしょうね……！

デル様に恋愛感情を抱いているわけではない私ですら心を打たれる美しさだ。年頃のご令嬢が相手だったら、それこそ彼の美貌にイチコロだろう。

なんとなく彼の顔を見ていられなくて周囲を見渡す。

よくよく目を凝らすとここは家からほんの目と鼻の先にある森の中だった。攫われる体感時間はすごく長く感じたけれど、距離としてはさほど進んでいなかったらしい。

「とにかくもう安全だ。セーナ、そなたの家に戻ろう。手当をして休むべきだ」

私の手首についた縄の鬱血跡を見つけて忌々しそうな声を出すデル様。

「あっ、そうですね……。――――っ、ちょっと疲れちゃったみたいで、お恥ずかしいことに立ち上がれません。もう少し休んでから家に戻るので、デル様は先にお帰りになってください。もう安全ということでしたら後のことは自分でやれますので」

へにゃりと足を崩した姿勢で彼に苦笑を向ける。恐怖のせいか膝が笑ってしまい、立ち上がることができなかった。

「馬鹿者。そなたをこんな場所に置いて帰るわけないだろう。怖い思いをしたのだから力が抜けるのも無理はない。さあ、わたしに摑まるといい」

デル様はさっと跪き、私の膝裏と背中に手を当ててそのまま持ち上げた。いとも容易いその動作に、彼が立派な男性の力を持っていることを否応（いやおう）なく感じる。

「ででっ、デル様にこんなことをしていただくのは――！」

いたずら半分でされた前回のお姫様抱っことは訳が違う。慌てふためくと「暴れると危ないぞ」といなされてしまった。

丁寧に扱われることに不慣れな私は、居心地が悪すぎて彼の腕の中で顔を赤くする。

「わたしが自分の意思でやっているのだから、そなたは大人しくしていればよい」

どこか満足げな表情を浮かべたデル様は私を横抱きにして家へ運ぶ。

中に入り、注意深くベッドの上へと降ろされる。

「そのままでは気分が悪いだろう。身体と服を清めよう」

デル様が指をパチンと弾く。途端、メンソールでも当てられたかのように全身がさっぱりとした感覚になっていく。

嫌な汗に濡れていた肌が一瞬でさらさらに。土で汚れたパジャマもふんわりと清潔になり、上質な柔軟剤を使ったかのような肌心地だ。

「すまないが、わたしには手当の心得がない。ほとんど怪我をしたことがなくてな。すぐに医師を呼び寄せるから待ちなさい」

「デル様！　そこまでしていただかなくて大丈夫です。怪我らしい怪我はしていないので自然に治ります」

「しかし」

「ほんとうに大丈夫です」

硬い表情でううんと唸り腕を組むデル様。

――一国の主が過保護すぎやしないかと心配になってきた。私は子供じゃないし、医療の心得もあるのだから問題ない。彼のおかげで精神的な不安も解消されたし。むしろデル様のほうが心配だ。こんな時間まで私に付き合っていたら体調が悪化してまた倒れるんじゃなかろうか。煩わせてしまい申し訳ない気持ちでいっぱいだ。

「必要であれば明日自分で調合しますし、もう深夜ですからお互い休みませんか。なんだかどっと疲れがきておりまして……」

目を擦りながら枕元の時計を見ると、３時を指していた。

男たちの闖入から１時間しか経っていないのに、徹夜したかのような疲労感だ。それほとに最後のなにかすごいものの殺気で消耗していた。

デル様の登場により安心し、そのうえさっぱりと清めてもらったことで全身が休憩モードに入ってしまったようだ。だめだ、ほんとうに眠い――。

納得していない表情のデル様だけど、睡魔に抗えないほど眠くなってきたので休ませてもらうことにする。

「デル様、助けていただいたお礼もきちんとできず……もうしわけないのです……が……おやすみなさ……い……」

急速に身体中のスイッチがオフになっていく。ほとんど気絶するように私は意識を手放しつつあった。

「せ、セーナ？」

彼の焦った声が聞こえたけれど、それに応える気力もないまま私の瞼は閉じていく。だけど、倒れた勢いで頭を打ったりしないように――デル様にこれ以上迷惑を掛けないようにとの一心で、近くにあったものを掴みながらベッドに倒れ込んだことだけは、自分で自分を褒めてやりたい。

温かいものが私を包み込んでいる。

窓から入る眩しいくらいの日差し。ああ、今日も気持ちの良い晴れなのね。

どこか懐かしい温かさを感じながら居心地のいい空間を楽しむ。

いつもより瞼が重いことに気が付き、少し思案して理由に思い当たる。深夜に何者かが押し入り誘拐されかけるというひどい目に遭った。でも、こうして無事にベッドで朝を迎えることができてほんとうによかったわ……。

「……セーナ。起きたのなら、わたしは速やかに帰りたいと思うが」

もぞもぞ動いて周囲の感触を楽しんでいたところ、すぐ近くから鼓膜に響く低い美声が聞こえた。

——え。デル様？

くわっと目を開くと至近距離でデル様がこちらを見ていた。というか、私の両腕はがっしりと彼の背中に回っている。

「えっえっ、どうして？」

高速で目を泳がせる私を逃がすまいと、デル様は大きな手のひらで私の頬を挟み込んだ。反動でギュッと唇がタコのように飛び出る。とんでもなく不細工な顔になっていることを想像し、焦ってじたばたと手足を動かす。

「デルしゃまごまんなはいっ！　わたすはどうして——」

「覚えていない、だろうな。そなたは昨夜わたしの服を掴んだまま眠りに落ちたのだ。頃合いを見計らって帰ろうとしたのだが、夢見が悪かったのか魘されたりわたしに抱きついてきたりしたので……まぁ、物騒なことがあった直後だから仕方なかろうと一晩横にいたわけなんだが？」

彼はひどく疲れた表情をしていた。いつものキラキラしさがないというか、生気を吸い取られたかのように覇気がなかった。

「も、申し訳ありませんでしたあっ！」

つるんと滑るようにベッドを下り、頭を床に擦り付ける。

昨夜の誘拐騒ぎで助けてもらったどころか、魔王様を抱き枕にして寝てしまったなんて！　専属薬師兼友人でなければ首と胴体がさようならする事案だ。

真夜中に私を保護し、そのうえ添い寝までする羽目になったのだから、デル様が疲弊しているのも当然だ。一刻も早く帰宅して休んでもらわなければ！

「……もう、よい。執務があるので帰る」

「ご、ごめんなさい……」

ぐったりしたデル様は言葉少なに去っていった。

その日の午後、私は毒薬を作ることにした。

デル様が帰る前に言い残していったことがある。私は専属薬師になったことでデル様に恨みを持つ者から命を狙われる恐れがあるらしい。先の誘拐犯についてもその可能性があり、調査をするとのことだ。

彼は必ず守ると言ってくれたけれど、一国の王様がいつでもどこでも駆け付けられるわけではないだろうし、手を煩わせるのも申し訳ない。自分でも自衛の手段を確保しておきたかった。

腕力も魔力もない薬師が悪者に対抗できることはたった1つ、毒薬しかない。

漢方薬に使われる生薬のなかには、量や下処理の方法を誤ると毒になり得るものがいくつかある。それらを惜しみなく混ぜ込んだ毒茶と毒団子を作ろうと思う。毒団子は長期保存が可能なように加工して常に持ち歩くつもりだ。

薬剤師が毒薬を調合するなんて世も末だけれど、誰だって自分の命が一番大事。男たちに錠前を破られたときの恐怖感は思い出すだけで寿命が縮まる。

使う機会が来ないことを切に祈りながら、私は調剤室へ移動した。

白衣を羽織り、棚からガラス瓶を3つ取り出す。「附子（ぶし）」「半夏（はんげ）」「檳榔子（びんろうし）」とラベルがついたものだ。

まず、附子。キンポウゲ科ハナトリカブトの根茎を乾燥させたものだ。ここにあるのは修治――つまり弱毒化の処理をする前のものなので、毒成分を豊富に含んでいる状態だ。嘔吐、呼吸困難、臓器不全といった症状が比較的早く現れるのが特徴だ。

次に、半夏　サトイモ科カラスビシャクのコルク層を除いて乾燥させた塊茎を用いる。附子ほど強力な毒ではないけれど、粘膜を腫らせ強いえぐみによって刺激感を与えることができる。面白いのが、半夏の毒性は生姜と組み合わせると緩和されるということだ。したがって半夏を含む処方にはだいたい生姜もセットで配合されている。

最後に、檳榔子。ヤシ科ビンロウの成熟種子だ。ビンロウはとても背の高い植物なので、ライに手伝ってもらいながら苦労して採集したことが懐かしい。毒成分アレコリンは煙草に含まれるニコチンに似た作用を持っており、過剰摂取により嘔吐、昏睡などを引き起こす。

これら3種の生薬を常用量をはるかに超える量で調合していく。正直附子だけで確実に命を落とすと思うけれど、念には念を入れて3種類でいくことにした。

味としてはかなり口当たりが悪いはずなので、甘味料として甘草も投入しておく。

毒茶にする分は刻んだ生薬をそのまま小袋に詰め、毒団子にするほうは濃縮したエキスを小麦粉に練り込んだ。

「ふぅ～、完成完成～っ！」

毒薬作りとはいえ、こういう手を動かす作業はやはり好きだ。

……いざ完成してみると試してみたくなるわね。しないけど……。

私は達成感をひしひしと感じながら、出来上がった製品をうっとりと眺めるのであった。

挿話 王城の門番たち

ブラストマイセス王国、王都アナモーラ。王城の正門前にて。

「魔王様、最近よくお出かけしてるわねぇ」

「ああ、俺も思ってた！ ついこの間までは3か月に1回外出するだけで、あとはずっと城にいらっしゃったもんな」

俺はエロウス。魔王様にお仕えする竜の魔物ラドゥーンだ。

んで、こっちの女はハンシニー。若い女騎士に化けているが、その実体は毒蛇の頭髪を持ち見た者を石に変えるメドゥーサだ。

今日はハンシニーとペアで城門の見張りに立っている。見張りといっても旧王国軍との戦乱から100年経った今は平和そのもの。こうして世間話をするのが日常と化している。ぶっちゃけて言うと、暇だ。

あ、俺はあえて弱々しそうな少年騎士に化けている。だってそのほうが悪いやつが寄ってきそうだろ？ 俺を見くびってかかってきた悪者をねじ伏せるのって、すげえ楽しそうじゃん。平和が一番とはいえ、そろそろ運動しないと身体が鈍りそうなんだよな。

「エロウスってば、なにイキった顔してるのぉ？　気持ち悪いわよぅ。それより魔王様の側仕え（そばづか）に聞いたんだけどねぇ、最近専属薬師をお決めになったみたいよぉ」

ハンシニーが唇に人差し指を当てながら言う。

きっちり編み下ろした亜麻色の髪に、大きな赤い四白眼。鎧（よろい）を着こなした凛々しい見た目に反して身体は無駄にくねくねくね動いているが、まあこいつの場合それはいい。敵を石にすることはくねくねしていたってできるからな。

「わざわざ専属にするなんて、よほど腕がいいんだろうな、その薬師殿は。魔王様は例の毒矢以来あちこちの医師を呼んだけど、みんなすぐ帰されてたし」

「でも、お出かけからお帰りになると、ちょっと様子がおかしいみたいよぉ？　上機嫌でお角がピカピカしていることもあれば、黙りこくってしばらく珈琲をすすっていることもあるんだってぇ」

「へぇ～、あの冷静な魔王様がそんなに分かりやすいなんて珍しい。ま、危ない奴じゃなければ俺は何でもいいけどな」

門に寄り掛かりながら両手を頭の後ろで組む。

もし魔王様に危害を加えるような奴であれば骨までしっかり焼き尽くすまでだ。ここ100年はちっとも炎を吐いていないから、どれだけ火力が出るのか久しぶりにやってみたい。厨房の種火が消えたとかで呼び出されるのはもうご免なんだ！

「あたしは～、そうねぇ、若くて可愛い子じゃなければいいわぁ。魔王様ですものぉ、抜け駆けは許さないわよ」

ハンシニーの真っ赤な目がぎょろりと光る。そうだ、こいつは魔王様に惚れているんだった。

ハンシニーは初めて魔王様に拝謁したときに一目惚れして、あろうことか魔王様を石にしようとした。そのとき隣にいた俺の動揺を分かってくれるだろうか。

愛玩用として部屋に飾るつもりだった、と後に聞いたときは全身の鱗が逆立つような感覚を覚えた。同時に、魔王様への尊敬を拗らせるとこうなるのかと感心した。

もちろん我が魔王様にハンシニーの目線攻撃は効かず、企みが成功することはなかったが。

目線攻撃が効かない、という初体験をもたらされたことによって、ハンシニーの熱は更に盛り上がっているらしい。こうしてペアで勤務に入ると魔王様がいかに素敵かということを延々聞かされる。俺はさほど喋るタイプじゃないから、それに適当に相槌を打つのがお決まりだ。

ちなみにハンシニーいわく、石化目線攻撃は「石になーれ☆」と念じながら目線を送らないと成立しないらしい。だからこうして普段普通に目が合う分には石になることはない。

　こいつには前科があるので一応釘を刺しておくことにする。

「なあ、仮に薬師殿が若い女だったとしても石にするなよ？」

「う〜ん、それは約束できないわよねぇ。だってずるいもの。エロウスみたいに戦うことばっかり考えてる奴に乙女心は分からないでしょうけど〜っ」

　ハンシニーは当初魔王様の側仕えを希望していたのだが、石化の能力を買われた結果、城の警備として採用された。傍にいたいのに遠くから見守る羽目になってしまったから、何回も魔王様が会いに行く薬師殿が羨ましいようだ。

「お気に入りの薬師殿が石にされたら、いくら温厚な魔王様でも怒るんじゃないか？」

　それはさすがにまずいんじゃないか……いやでも、荒れ狂う魔王様がいればどさくさに紛れて俺が少しくらい炎を吐いて暴れても気付かれないんじゃないか？　それなら悪くないかもしれない。

「――ま、俺らが薬師殿に会う機会なんてないだろうけどなあ……」

　魔王様が魔法を使って出向くぐらいなのだから、薬師殿は遠くに住んでいるのだろう。単なる騎士の俺と会うことはどう考えてもなさそうだ。ちぇっ、面白くないな。

　平和なのはいいけどさ、やっぱり日々の刺激は欲しいよなあ。

　思わずうーんと伸びをすると、自然にあくびが出てしまう。

「……ん？　なんだ、あいつ――

　ふと気になったのは、こちらにじっと顔を向けている灰色のローブを着た人間。いや、人間なのか？　魔族特有の魔力が感じられないからそうなんだろうけど、どこか妙な感じもする。

「ハンシニー。あの灰色のローブの奴、どう思う？」

「え？　どの子ぉ？」

　フードを目深に被ったそいつの表情まではうかがい知れない。しかし、ちらりと見えた金色の瞳と目が合うと、踵を返して雑踏に紛れていった。

「……ま、いっか。何もしてこないんなら追う必要もないからな」

　あるいは地方からの観光客だったんだろう。王城は人気スポットだからな。

　城の前に広がる王都の街はがやがやと賑わっており、争いごとのひとつも見当たらない。ちらほらと人間に化けた魔族の仲間が目に入る。あいつらも上手くやっているみたいだ。

　100年前の戦争以来、魔族(俺ら)は表向きには引き続き魔族領で暮らしていることになっているが、実際のところ多くの魔族は魔王様の指示で人間に化けて市中生活をしている。難しいことは分からないが、人間と魔族がいい感じに関係を築けそうだとなった頃合いで元の姿に戻る構想らしい。

「人間と魔族の共存」。我が魔王様が治めるブラストマイセスは今日も平和だ。

第四章　王都への旅

1

今日は市場へ買い物に行く。可愛い食器とテーブルクロスが欲しいのだ。

どうしてかと言われると少し難しい。強いて言うならばデル様というお客様がたびたび来るようになったから、だろうか。

我が家は譲り受けたままの殺風景な小屋なので、小物類で居心地のいい空間を演出してみようかなと閃(ひらめ)いたのだ。

誘拐未遂事件のあと、デル様は2週に1回は様子を見に来てくれるようになった。話し相手という義務を果たすためでもあるようで、忙しいのに申し訳ないと思いながらも、デル様が来る日は浮足立った気持ちになってしまう。

というのも彼はとても聞き上手で、私の調合話や日本とこの世界の生き物の違いなどについてうむうむと耳を傾けて聞いてくれるのだ。職場では「まーた佐藤が変なこと言ってるよ」とあしらわれてきたことが多かったので、彼のようにきちんと会話してくれるひとは初めてと言ってもいいかもしれない。

庭の芝生にクロスを敷き、湖を眺めながらのんびりお喋りするひとときはまさに心のオアシス。忙しい合間に来てくれているのだから、せめてもう少し居心地のいい家にしたいと思っている。

そして、実は1つ彼の弱点を発見した。どうやらデル様は角が敏感らしい。

彼の頭に付いたゴミを取ってあげようとして、少し角に触れてしまったことがあった。

「……んっ」と短く声を漏らした彼に、私はこっそり視線を外した。なんというか、見ているこちらが思わず恥ずかしくなるような表情だった。私がプロの独身だからいいものの、一般のご令嬢だったら瞬時にのぼせあがってしまうだろう。

デル様の角は感覚器かなにかの役割でもあるのだろうか。だとしたら露出している状態はあまり好ましくないような気もするけれど——。

そんなことを考えながら秋桜(こすもす)の茂る煉瓦道を歩いていると、あっという間に市場の入り口に到着した。

「えーと、雑貨のエリアは……北5区ね」

トロピカリの市場は扱っている商品によって区画が分かれている。いつもは食料品エリアにしか行かないので、入り口の案内板を確認してから進んでいく。

あちこち視線を移しながら15分ほど歩いただろうか、露店の色彩ががらりと変わる。賑やかなマルシェといった雰囲気の食料品エリアと違って、雑貨エリアはエキゾチック感が漂っている。鮮やかな色の布、精巧な刺繍が施されたサンダル、カラフルなタイルで作られた食器など、色とりどりの商品を揃えた露店が目の前に広がっていた。

「うわぁ……！　初めて来たけれど、すごく魅力的な場所ねぇ！」

道行く客は女性が多く、手には複数の包装を持っている人もいる。どの世界でも心くすぐられる素敵な雑貨は人気のよう。仕立てのよい服を着ている人もちらほら見られ、貴族街からもお客さんが来ているようだった。

初めて来る場所なので、一通り見て回ることにした。

「つ、疲れた……」

食堂のテーブルに突っ伏しながら呻く。

魅惑の雑貨エリアに興奮した私は2時間ほどウィンドウショッピングを楽しみ、最も好みの品揃えだった店に戻って買い物をすることにしたのだけれど……。

「まさか、あんな店主がやっていたなんてね……」

――つい先ほどの出来事を振り返る。

その店は市場のスタンダードである露店ではなく、建物を構えた店舗型のお店だった。薄暗く照明を落とした店内にところ狭しと雑貨が並び、時折癒しの観葉植物が置いてあるような、なんとも掘り出しもの欲を掻き立てる空間だった。

最初にその店に入ったときは店主不在だったのだけれど、戻ったときには店の奥にいたようだ。彼は食器を物色する私を見て声を掛けてきて――

『そこの美人さん。食器をお探しかな？』

『……ん？　まさか私に話しかけてますか？　はい、来客用のちょっと可愛いものを探してましてて』

店主を見ると、スキンヘッドに洒落た口髭を生やした男性である。切れ長の紫眼に、輪っかがたくさん付いた耳。顔のつくりは整っていて、野性味のある美丈夫だ。こんな趣味のいい店の店主かと思うと、失礼ながら意外な感じだ。

『来客、ねぇ。もしかして彼氏とか？』

『いえ違います。彼氏なんていません』

『えっ、彼氏いないの？　じゃあ俺なんかどう？』

きらりと光る白い歯に思わず顔をしかめる。

眩しい。全てが眩しい。普段関わりがないタイプの人なので、どうにも会話が噛み合わない。

店主は私の顔をじいっと眺め、なにかに気が付いた顔をした。

『あれっ、お姉さん、もしかしてセーナちゃん？』

『えっ！　そうですけど、どうして知っているんですか？　どこかでお会いしてましたか？』

『突然町に現れた迷子ちゃんだからね、そりゃ有名人よ。噂通り可愛らしいね、今度お茶でもどう？　もちろんご馳走するからさ』

　パチンと飛んできたウインクを蠅のごとく叩き落とす。誰がどう見ても私は可愛らしくない。お世辞に気分を良くしてたくさん買い物をできるほど裕福でもない。社交辞令にしたって相手を選んだほうがいいと思う。

『遠慮しなくたっていいのに。貴族街の星付きレストランでもいいよ』

　店主が陽気に私の肩を抱く。

『結構です』

　思った以上に低い声が出た。

　私がほんとうに嫌がっていることが伝わったのか、店主はぱっと離れて狼狽する。

『じょ、冗談だよ！　ごめんごめん、やりすぎちゃった。……来客用の食器だったね、それならこれはどうかな？』

　彼は店の奥に引っ込み、両手に陶器を持って戻ってくる。

『これは昨日入荷したもので、まだ店頭に出してない新作。ほら、タイルの模様がすごく美しいでしょ？　グラウカの職人が1枚1枚違う模様を描いているんだよ』

　それは色とりどりのタイルが施されたプレートだった。揃いのボウルもある。植物や花をモチーフにした模様が描かれていて、来客に出しても恥ずかしくない品があった。

『……とても可愛いです！　これ、2セットください』

『お、即決ありがとね！ 美人割きかせて350パルでいいよ』

『……いえ。元値でお支払いします』

この男、全然反省していない。言動全てが軽いのだ。

このお店の商品は素敵だ。また来店したいと思う。けれど、値引きに応じて店主に借りができることが憚られた。これ以上妙な持ち上げ方をされて距離を詰められるのは嫌だった。

『俺のことはクロードって呼んでな。セーナちゃん、また来てね』

——と、2時間歩き回り、最後に陽気すぎる男と遭遇してしまった私は疲れ切ってしまい、こうして市場の食堂で休憩することに決めたのだった。

2

クロードのことを思い出しているうちに注文していたステーキが届く。せっかく市場に来ているので、奮発して豪勢なメニューにしてみた。

にんにくとタレの香ばしい匂い、じゅうじゅうと鉄板の上で躍る脂。

たまらないわ……っ！

ごくりと喉が鳴る。ナイフとフォークを握りしめいざ肉に飛び掛からん——！

「セーナ！　そこにいたのか。探してたんだぞ」

大きく口を開けたところで聞き慣れた声が私を呼ぶ。

「んあ？　あ、ライじゃない。どうしたの？　お店は？」

入り口のほうから小走りでライがやって来る。彼のステップに合わせて銀色のポニーテールが尻尾のように軽やかに揺れる。食事している女性たちが頬を赤くしてライを目で追っているところを見ると、やはり彼は人気があるようだ。やるな。

「ちょっと話があってな。常連さんがセーナを見かけたって言ってたから探してたんだ」

ライはきょろきょろと周りを確認し、人のいない隅のテーブルへ手招きする。鶏屋の制服を着ているから仕事の休憩中だと思う。そんな僅かな時間で話したいなんて、緊急の用事なのかしら。

なんだろうと思いつつ、ステーキセットのトレイを持って移動する。

好奇心旺盛なミドリムシ色の瞳がきらりと輝いた。

「お前が結構前に言ってたアイツの話だよ」

口元に手を当てながらひそひそ声で話してくる。

「えーと、アイツって誰だっけ？」

「いや、ほら、あの角の生えてる……」

「あっ、ああ！　わかったわかった。で、どうしたのよ？」

デル様の話は禁句ではなかったのか。ライは真剣な表情で続ける。

「今から言う話は絶対誰にも言うなよ。……アイツな、討伐されることになった」

「は、はい？　討伐？」

不穏な話に胸の奥がざわりと揺れ動いた。

「……お前には黙ってたけどな。アイツは定期的にこの町に姿を現している。それで、俺だけじゃなくて一部の人間のあいだでは要注意人物として認識されてるんだ。アイツは見た目も雰囲気も俺らとは違う。それを隠そうともしない。不気味だと思わないか？」

デル様が要注意人物？　不気味な存在？　どっと冷や汗が出てきた。

「そこにこの間の事件だ。セーナんちの近くの森がやられただろ」

誘拐未遂事件のことだ。

ライによると、あのときの稲妻と爆発は町の中心部からもよく見えたため一騒ぎになっていたらしい。事後、有志が調査に来ていたのは私も見かけていた。当時の天候から考えると自然由来の雷はあり得ず、火薬を使用した痕跡もなかったことから魔法の類ではないかという話になり、かねてより不審な目で見られ、角があり魔族と思われるデル様が犯人として浮上しているようだ。

あれはデル様がやったことなの……？　てっきり彼の他にすごいものが来ていたのだとばかり思っていたけれど。しかし、デル様だと仮定しても確かに辻褄は合う。けれども、なにが正解か今はわからない。

ただ1つ確実に言えることは、ライたちはデル様が国王様だと知らないということだ。国王だと認識していれば討伐だなんて話になるはずがない。デル様は体調の関係で必要最低限しか外出しないみたいだし、一般市民は顔を知らないのかもしれない。

とにかく物騒なことはやめてほしい。数々の誤解によるデル様への濡れ衣をどうにかできないかと説得を試みる。

「あ～。森は誰がやったにしろ別にいいんじゃない？　時間が経てばまた再生すると思うし。誰かが被害を受けたわけでもないんだから、討伐だなんて物騒なことはやめたら？」

「いやセーナ、お前は甘すぎる。下手したら死んでたんだからな？　それに誘拐犯は行方不明になっている。もしかしたらアイツに殺されたのかもしれないぞ」

「あ、ああ～……」

ライの指摘にあの夜のことを思い出す。確か2回目の爆発は犯人たちの去った方角で起こったような。うーん、深く考えたくない。

「正直森の事件について決定的な証拠はない。でも、アイツが得体の知れない存在なのは事実だ。危険は早めに潰したほうが安心だろうって上が決定したことだ」

「……でも、」

「森をやられたんなら次は畑や牧場が標的になるかもしれない。去年は雨が少なくて不作だったから、これ以上不測の事態で収穫が落ちると領主様からお叱りを受けるだろう。お前が思っている以上に町のやつらは危機感を持ってるんだ。魔法で好き勝手に暴れられたらたまったもんじゃない」

「そ、そんなに深刻な事態になっているの」

　要はやられる前にやってしまえ、ということだ。それほどまでに去年の不作が人々の心に影を落とし焦りを生んでいるなんて。町外れで悠々自適な暮らしをしていたためか、今の今まで気が付かなかった。

「で、でも。討伐となったらお仲間に被害が出る可能性だってあるわよね？　そこまですることなのかしら。ほら、今度その男性を見かけたときに話し合いで解決するほうが平和的じゃない？」

　そう提案すると、ライの表情がみるみる冷え切っていく。そして氷のような目つきで私を睨んだ。

「化け物が相手だ。話し合いなど無理だろう。……セーナはアイツの味方なのか？　さっきからいやに庇（かば）うな」

「いや、そういうわけでは……」

ライのこんなに冷ややかな表情は見たことがない。ぴりっとした緊張感で息が止まる。

「………あのな。これはお前に伝えなかったし、伝える必要もないと思ってた。でもお前がアイツを庇いだてするなら話は別だ。教えてやるからよく聞け」

ライは視線を一瞬下に落とし、そして再びこちらを見る。強い眼差しだった。

「俺の両親はな、アイツに殺されたんだ」

「――えっ？」

そんな、まさか。デル様がライのご両親を殺した？

事態が呑み込めない。デル様がそんなことをするはずがないと思いながらも、ライが嘘をついているとも思えなかった。

「俺がアイツを許せない理由はそれだ。別のやつが犯人だったなら、セーナの言う通り話し合いでも何でもよかった。でもそうじゃない。アイツが今回の件をやったんなら俺は討伐に行く。正当な理由で復讐ができるチャンスだから」

「………」

「悔しいけど俺ひとりじゃアイツに敵わない。討伐隊のメンバーはまだ把握してないけど、町の有志に加えて金で雇われた傭兵もいるし、暴れたいだけの流れの力自慢もいるらしい。魔法を使うとはいえ力を合わせればきっと倒せるはずだ」

「ライは、」

絞り出した声は掠れていた。

「ライはどうして討伐のことを私に教えてくれたの？」

そう尋ねれば、ライはふっと微笑んだ。

「家の近くであんな事件があって怖かっただろ。安心させてやろうと思って特別に教えたんだ」

その表情はいつもの彼だった。生意気だけれど、私が困っていないか、町に馴染めているか気遣う優しいライの姿だ。ほんとうに私のためを思って教えてくれたのだ。それがわかるからこそ、もうなにも言えなくなってしまう。

デル様が、討伐される……。ずっと鳥肌が立ちっぱなしだ。

かつてひとりで5万の兵を相手にしたデル様が簡単にやられるとは思えない。でも、物事にはいつでも万が一ということがある。腕の立つメンバーもいるようだし、なにより今のデル様は虚弱状態で本調子ではないはずなのだ。

止めなければ――！

テーブルの下でぎゅっと拳を握りしめる。

「……ねえライ。討伐はいつなの？」

「10日後だ。これ以上の詳しいことは、セーナといえど教えられない」

「そっか、わかった。ライ、教えてくれてありがとね」

――どういう手段で誰が手を下すのか？　デル様の居場所を討伐隊は把握しているのか？　わからないことは多い。だけど、日にちだけでも教えられればデル様は備えができるはず。今得た情報を彼に伝えなければいけない。

この場でライに「その危険人物は魔王様なの。武力行使はやめたほうがいいわ」と伝えても信じてもらえないだろう。証拠が何もないからだ。私自身、デル様から王の証明となるものを見せてもらったわけではない。彼がそう言ったからそうなのだろうと信じているだけだ。

不用意に発言して万が一私も要注意人物になってしまったら王都に向かうことができなくなる。私は口を噤み、デル様に直接報告する選択をした。

それに、ライの親御さんを殺したというのはどういうことなのか。彼の口から直接聞きたかった。

「話はそれだけ。店抜けてきてるから、もう戻るわ」

んじゃ、と言い残してライは小走りで食堂を出て行った。

せっかく注文したステーキセットは、冷めきっていた。

3

すっかり冷えて硬くなったステーキにぐいっとフォークをねじ込んだ。

――デル様は昨日うちに来たばかりだ。次に来るのはいつも通りであれば2週間後。来訪を待っていたら間に合わないから、お城まで訪ねてゆく必要がある。

ここトロピカリはブラストマイセス王国の東端に位置し、王都までは馬車で1週間掛かる。討伐は10日後だからぎりぎりだ。

幸いデル様のおかげでまとまった貯金ができていたところだ。彼は「茶とスープのお礼だ」と言ってうちに来るたびに十分すぎるお金を置いていく。申し訳ないから貯めておいていつか返そうと思っていたけれど、彼のために使うのなら罰は当たらないだろう。

お肉を咀嚼しながら王都への道程を考える。

1週間で着くのはスムーズにいった場合。天気や馬の体調によっては2日ほど余裕を見たほうがいい。

……うん、このまま家に帰っている暇はないわ。市場で必要なものを買い揃えてそのまま出発しましょう。

馬車乗り場は市場の奥にある。荷物をまとめに一旦帰宅してまたここに来るとなると夜になってしまう。

治安のいいトロピカリだけれど、街を出ればどんな輩がうろついているかわからない。深夜の移動中に盗賊に襲われたという話もたまに耳にするから、安全に旅をするためには明るいうちに移動したほうがいいだろう。


食堂を出て替えの服や下着、携行食などを購入した。時間もないので、とりあえず片道分の物品だけ揃えて帰りの物資は王都で調達することにした。

荷物は整った。最後にサルシナさんのところに寄っていこう。急にしばらく留守にするので心配を掛けるといけない。

膨れたリュックを背負い早足で向かう。薬店の前に着くと運よく客が途切れたところだった。

「サルシナさん、こんにちは。急なんですけど、半月ほど留守にすることになりました」

「ああ、セーナかい。なんだい、随分突然だね。どこに行くんだい？」

「王都です」

そう答えるとサルシナさんはきょとんとした。なんの前触れもなく王都に行くと伝えたのだから、もっともな反応だ。

「……もしかしてひとりで行くのかい？」

「はい。ひとりです」

サルシナさんは眉根を寄せた。

「……事情があるんだろうから深くは聞かないけど、危ないことじゃないだろうね？」

「も、もちろんです。移動は日中だけにしますし、馬車を借りますから大丈夫だと思います」

この返事で嘘はないだろう。危ないのは私ではなくデル様の身だ。サルシナさんは妙に勘が鋭いところがあるので、ライから他言無用と念を押された以上迂闊なことは口に出せない。

「女ひとりなら気を付けすぎなぐらい気を付けるんだよ。生薬が足りなくなったら総合商店から調達するからこっちは大丈夫さ。王都に行くのなら記念にお城でも見ておいで」

その王城が目的地ですとは言えず、曖昧な笑みを浮かべて頷く。

サルシナさんが店の横からこちらに出てきて両手を広げた。目をぱちくりさせていると、瞬きひとつの間にふくよかな身体に抱きしめられる。

「初めての旅だろう。あんたが無事に帰ってこられることを願ってるよ」

高めの体温に包まれて自然にほうと息が漏れた。私も彼女の背中に手を回す。

サルシナさんは見た目も中身も肝っ玉かあちゃんという言葉がぴったりなのだけど、実際は独身で子供もいない。だからというわけではないだろうけど、私のことをすごく気に掛けてくれる。家族のいない身としては、同性で公私ともに頼りになるサルシナさんの存在は大きい。

ほんとうに、この世界に来てからはいろんな人にお世話になりっぱなしだわ……。温かく柔らかい空間に閉じ込められて心がゆるりと解けていく。

元の世界ではどちらかというとお世話する側の人間だった。しかし、ブラストマイセスに来てからはたくさんの優しさを受けて暮らしている。

診療所のおじいちゃんにライ、サルシナさん、そしてデル様。みんな親切にしてくれるし、惜しみなく手を差し伸べてくれる。自分でも気にしていなかった自分のことを考えてくれる存在がいるというのが初めてで、いまだに照れくさい気持ちになる。

いつか恩返しがしたい。薬師としてもっともっと経験を積んで、堂々と患者さんの前に立てるようになりたい。知識を生かしてみんなの幸せに少しでも役に立ちたい。——元の世界に帰るその日まで。

「……ご心配ありがとうございます。お土産を買ってきますから楽しみにしていてくださいね。じゃあ、そろそろ行きます」

笑顔で挨拶をしてサルシナさんと別れ、馬車乗り場へと急ぐ。

市場の端にあるそこは広い馬屋に受付小屋が併設された場所だった。小屋の裏には大小さまざまな馬車が並んでいる。

受付の時計は15時過ぎを指しており、今出発するのなら今夜は隣町で宿泊するのがちょうどいいだろうと窓口の人が教えてくれた。

1頭立ての幌馬車を借りた私は、賢そうな栗毛の馬に自分の手の匂いを嗅がせる。首をポンポンと軽くタッチすれば、嬉しそうに目を細めた。

「私はセーナというの。1週間よろしくね」

心得た、とばかりに馬が嘶く。御者へ「王都まで」と告げて乗り込んだ。

少しの不安と大いなる興奮を胸に、初めての異世界旅行が始まったのだった。

4

馬車受付の人が言っていた通り、宵の口に隣町グラウカに到着した。

街は暗く静かで、人々は家に帰り穏やかに過ごしているような雰囲気だ。時間的にも体力的にも街を散策する気分にならなかったため、目についた宿屋に入り早々に就寝した。

——翌日。次の町アピスは遠いと聞いていたけれど、まさかほんとうに一日走り通しとは思わなかった。急な旅だったので時間を潰せるようなものを持ってきていない。ひたすら外の景色を眺め、時折寝落ちしたりしなかったりを繰り返し、あまりになにもしない時間に疲れてしまった。

アピスの入り口で降車した私は、両腕を思いっきり天に向かって突き上げ渾身の伸びをする。

「っあぁぁ〜〜〜疲れたぁぁ〜〜っ!!」

三十路近くともなると肩や腰など様々な部分にガタが来始める。よく揉みほぐしておかないと馬車の旅を全うできないわと焦りを抱く。最も心配するべきは安全面ではなく己の年齢だったのかもしれない。

この国は領地ごとに入領門があり、民の出入りはそこで全て管理されている。身分証明書を兼ねたトロピカリの住民証を提示すれば、あっさりと入町の許可が出た。

一日馬車に揺られていただけなのでエネルギーが有り余っている。宿を確保して荷物を置き、1杯飲みに出ることにした。

アピスの建物はトロピカリと同じく煉瓦調だけど、街を彩る色遣いが全く異なっていた。黄色やピンク、赤などカラフルに染色された煉瓦は街全体に華やかな印象をもたらしている。お祭りのようにも感じるけれど、もし普段からこうならば歓楽街と表現するのが正しいのだろう。

──どことなく新宿を彷彿とさせるわね。

農民が多く夜が早いトロピカリと違い、アピスの街の盛り上がりはこれからなのだという予感をさせる賑わい。なにをせずとも道を歩いているだけでわくわくしてくるから不思議だ。初めてトロピカリを出た私はどこか浮足立っていた。

旅先では気持ちが大きくなると言うけれど、今の私も例に漏れずそういう状態だと思う。ひとりで繁華街に飲みに出る、なんて人生で1度もしたことがないのだから。

活気に満ちたお店たちを眺めながら、どこに入ろうかしらと当てもなく雑踏をゆく。

「──あ。このお店いいかも」

〝BAR　ゴールデンボール〟　控えめに看板が掲げられた店の前で立ち止まる。

こぢんまりとしながらも清潔感のある店構え。軽やかな音楽がほんのり聞こえてくる。

居心地がよさそうだと直感しドアに手をかける。

──カラン
ドアベルが小気味よく鳴り店主が私に気付く。

「いらっしゃい。カウンター、お好きなところへどうぞ」

店内はほどよく照明が落とされており、先客が数名いるようだ。

バー特有の大人の雰囲気にたじろぎつつも、店主の前の席が空いているのでそこに座る。

「こ、こんばんは。私、この街が初めてなので、とりあえずお勧めの1杯をください」

「まあ、そうなの！　ようこそアピスへ。じゃあ、うちのオリジナルカクテルを作ってあげるわね。お酒は得意？」

「下戸ではありませんが、酒豪というわけでもありません」

日ごろ薬膳酒を嗜んでいるため、一般的な度数であれば問題なく飲めると思う。

「オーケーよ。……お嬢さんは旅のお方？」

不慣れな私に気を遣ってくれたのか、マスターが話しかけてくれる。……遠目には大柄の女性に見えたけれど、目の前にいるのは派手にお化粧をした男性だった。

ツンツンした黄色い短髪に塗り絵のようなメイク。ぴっちりと身体のラインが出るワンピースは今にもボタンが弾けそうで、溢れんばかりの筋肉が己の存在を誇示している。

……に、2丁目⁇　私、場違いだったかしら⁉

この店はそういった方々向けの店なのかと焦る。……でも、マスターは歓迎してくれているようだから関係ないかしら。

気を取り直して質問に答える。

「はい、トロピカリから王都へ行く途中です。トロピカリと違ってアピスは華やかですね。驚きました」

「あらやだ、トロピカリと比べたら大体の街は華やかよ。まぁ、国境に近い関係で人の往来があるから確かに活気はあるわね」

　言いながらコトリとグラスを差し出し、作ったカクテルを提供してくれた。喉が渇いていたので「いただきます」と勢いよくあおる。

「……！　美味しいです、これ。度数は高いですけど、柑橘(かんきつ)の果汁、ですか？　ほどよい酸味があるので喉越しよく飲めますね」

「お嬢さん、いける口ねぇ！　アピスアガーを一気に飲み干す女の子なんて初めてよ。子供みたいな見た目だからどんなものかと思ったけど、気に入ったわ！」

　わはははは、とマスターは豪快に笑い声を響かせた。どうやら私は気に入ってもらえたらしい。

　その後、私が初めて王都アナモーラに行くと知ったマスターは様々なことを教えてくれた。

「南門すぐ横の食堂はとっても美味しいのよ。特に客の目の前で捌(さば)く海熊の刺身がおすすめね。1度は味わっておきたい珍味だわ」

「中央市場(セントラルマーケット)を見てみるのも面白いと思うわ。王都には国中から貴重な素材が集まっているからね。市場はとっても広いから一日では回りきれないと思うけど」

「あとは何といっても騎士団の皆様ね！　王都の警備を担当する第1騎士団ってイケメン揃いの騎士団のなかでも別格なの！　強い上に顔までいいなんて最高すぎないかし

ら？　はあ、王都の住民が羨ましいわ……あたしも団長様に守られたい……」

頬にごつい手を当てて悩ましげな表情をするマスター。

マスターも十分強そうな筋肉を持っていると思うけど、自衛には使えないのだろうか。

「中央市場はとても興味があります。トロピカリにない素材などがあれば買って帰りたいですね」

「トロピカリは農業地帯だからね。国全体から見たらド田舎だし、手に入るものは限られていると思うわ」

「確かに田舎ですね。人間より動物のほうが多い気がします。……家から市場に行くときに牧場の横を通るんですけど、あまりに景色が変わらないので歩きながら寝そうになっちゃうこともあるくらいです」

「あはは、セーナちゃんたら！　あなた面白いこと言うのね！」

大きな口を開けて豪快に笑うマスター。

大笑いするようなエピソードではなかったと思うけれど、こうやって笑ってもらえると心地よい気持ちになる。家の近くにあったら通い詰めてしまいそうだ。

その後も、あれやこれやと王都のお得情報を教えてくれたマスターであった。

「――でね、仲良くなったセーナちゃんにちょっとお願いがあるんだけど」

―なんでしょう？　私にできることならいいのですが……」

果たして今は何時になっただろうか。

賑やかな話が一段落したところで、マスターが少しだけ真剣な表情で切り出した。表情の変化に自然と背筋が伸びる。

「王都に行く途中にゾフィーっていう町があるんだけど、そこに住んでる知り合いに手紙を渡してもらえない？　お礼は、そうね、今日のお代は無料ってことでどう？」

「ああ、それぐらいならお安い御用ですよ！　って、私かなりお酒を飲んじゃってますし、お駄賃にしては多すぎるぐらいですけど……」

アピスアガーが美味しすぎた。楽しく会話するうちに10杯は飲んでしまっている。酔ってはいないけれどお腹はちゃぽちゃぽだ。

「いいのいいの、気持ちのいい飲みっぷりであたしも楽しかったから。……本当は郵便ギルドに頼めばいいんだけれど、最近運行便が減っちゃってね。手紙1通のために馬車を借り上げると高くつくし、どうしたものかと困っていたのよ」

郵便馬車とは、名前の通り郵便物を配達する馬車のことだ。

手紙や荷物を送りたいときは、郵便ギルドに持っていくと代金と引き換えに運搬してくれる。各領地によると思うけど、トロピカリでは一日2本、時計回りと反時計回りに国をまわる郵便馬車が出ていたはずだ。トロピカリより栄えているアピスで運行便が減るというのは不思議なことである。

「引き受けてくれて助かるわ。――じゃ、これが手紙ね。あて先はゾフィー東部病院よ」

差し出された薄い封筒を受け取る。

「病院……ですか」

「そう、昔の常連さんがそこに勤めているの。ああ、トロピカリから来たんじゃセーナちゃんは知らないわね。実は今、アピスの南部で流行病が出ていてね。こっちの医師もお手上げだから1回診に来てもらえないかと思って。郵便馬車が減ったのも、その流行病で職員が次々倒れているからなのよ」

「流行病!? それ、大丈夫なんですか？」

思いもよらない話に大声が出てしまった。はっとして口を押さえるけれど、既に他のお客さんは退店していて店内は私たち2人だけだった。

マスターは目を伏せて憂鬱な表情を浮かべる。

「幸いこの区画ではまだ病人は出ていないんだけどね。聞いた話によると、高熱や蕁麻疹が出たりするみたいなの。風邪にしては症状がきついし、若いのに亡くなる人もいて、恐らくなにか新しい病気なんじゃないかって話よ。発症者は町外れの病院に隔離されていて、健康な人との接触はないようになっているわ」

「そうなんですか……。それは心配ですね。わかりました、手紙は必ず届けます」

マスターから引き受けた封筒をしっかりと鞄に収納する。

「あの、実は私は薬師をしているんです。王都での用事が終わったら帰りにまた寄ります。力になれることがあったらぜひ協力させてください」

流行病だと事情を聞き、薬師としては聞き捨てならなかった。

ここは日本よりもはるかに医療が遅れた世界だ。日本では助かるような病気でも助からないことは十分あり得る。私の知識が少しでもこの世界の役に立つのなら、患者のために使うのが医療者としてすべきことだと思うのだ。

今はとにかくデル様へ討伐の件を知らせることが先だけれど、それが無事に済んだ際には流行病の対応についてできることを探そうと決意する。

「セーナは薬師だったの！　こんなに愛くるしいのにすごいのね！　ありがとうっ！」

「わわっ！　げふっ！」

感極まった様子のマスターがカウンター越しに抱きついてきた。

嬉しい。とっても嬉しいんだけれど、ワンピースの開いた胸元から胸毛がちくちくと頬に当たり地味にくすぐったい。

「い、いいんですよ。みんなの健康と笑顔を守るのが薬師の仕事ですから！　それに、マスターと仲良くなれたのもご縁です。仮にマスターが流行病に罹ってしまったら美味しいお酒が飲めなくなるじゃないですか。それは困りますからね。——マスター！　痛い、痛いですっっ‼」

なぜかぐいぐいと力を強めるマスター。筋肉に締め殺されそうだ。ここで命を落とすわけにはいかない私はぽんぽんとマスターの背中を強めに叩く。

ＢＡＲゴールデンボールの夜は賑やかに更けていった。

5

——翌日。

結局朝方までマスターに捕まっていたためとても寝不足である。

けれども心は軽やかだ。マスターと仲良くなれたことがなにより嬉しかったし、頬の筋肉が痛くなるほど夜通し笑ったことなんて初めてだった。人生の楽しみ方を1つ教えてもらったような感覚だ。

贅沢(ぜいたく)な疲労感を感じながら今日も馬車に揺られる。いつの間にか寝てしまい、目を覚ましたのは次の町に着いたときだった。

「セーナ様。お休み中恐縮ですが、オムニバランに到着しました。もう夕方ですので、本日はこちらで宿泊されるのがよろしいかと存じます」

御者に肩をトントンされてがばりと跳ね起きる。まずい、寝すぎた！

トロピカリから一緒に出てきている御者は常に帽子を目深に被っているため表情は見えない。しかし、口元がくすりと弧を描くのが見えた。

……あれっ。この感じ、どこかで見たような……？

なんとなく既視感を覚えたけれど、それよりも笑われた恥ずかしさが勝ってすぐに気持ちが切り替わった。

「コホン。……起こしてくれてありがとう。じゃあ、今日はこの町に泊まりましょう」

今更キリッとしてみせても手遅れなのだけど、それはささやかな抵抗というやつだ。

移動中まるまる熟睡してしまったので元気が有り余っている。例によって宿を確保して街をぶらぶらしてみようと思ったのだが——。

「えっ？　泊まれないってどういうことですか？」

オムニバラン入領門近くにある総合案内所で、私は驚きの声を上げる。

「ごめんなさいね。意地悪を言っているのではなくて、今この町は危ないのです」

受付嬢が気の毒そうに眉を下げる。

「こちらこそ大声を出してすみません。……危ないとはどういうことでしょうか？」

つい大声が出てしまったことを謝り事情を尋ねる。彼女は特に気分を害した様子もなく丁寧に教えてくれた。

「現在、ここオムニバランでは疫病が流行(はや)っているのです。領主様の命により、疫病の拡大を防ぐために、宿屋だけではなく食堂や小売店なども全て営業を一時停止しております」

「そ、そんな……」

「明日には入領門が封鎖される予定になっております。ですから、王都へ向かうセーナさんが今日ここに来られたという意味では幸運だったと思います」

最短で王都へ向かうためにはオムニバランを経由しないといけない。もし一日でも到着が遅かったら、ここで足止めを食らうか、あるいは迂回路(うかいろ)を通ることになっていた。どちらにせよデル様の討伐には間に合わないところだったのだ。お姉さんの言う通り、それは不幸中の幸いだった。

気になるのは疫病というワードのほうだ。

……アピスでも流行病が出てるってマスターが言ってたわよね。もしかして同じ病気なのかしら？

隣町であるから人の往来は当然あるだろう。ここオムニバランのほうが程度がひどいということは、もっと王都寄りの都市から広がっているのだろうか。あるいは、このあたりは国境に近い地域でもあるので、隣国からという可能性も考えられる。

とにかく、町が1つ封鎖になるなんて相当まずい状況ではないか。

——ですので、申し訳ないのですが領内では泊まることができないのです。他の町に移動して泊まるか、入領門の外でよければ野営していただくことは可能です」

受付嬢の提案に、ううんと腕を組んで思案する。

アピスに戻るのも1つ先のゾフィーに行くのも距離があるので現実的ではない。馬も御者も一日働き通しだから休んでもらう必要がある。そうなると答えは1つだ。

「——では、門の外で野営することにします。すみませんがテントや毛布などを貸していただくことはできますか？」

「もちろんです。後方の扉奥にさまざまな物資が入っておりますのでご自由にお使いください。領主様からのお心遣いですので料金はかかりません」

受付嬢が指差す先の扉を開けると、薄暗い倉庫のような部屋だった。

そこには折り畳んだテントや、薪、銅製の小さな鍋、毛布、保存食などがきちんと分類されて置かれていた。

……驚いたわ！　必要なものが全て準備されているだなんて。

オムニバランの領主様は素晴らしいわねと感動したところで、ふとその頂点にいるのがデル様であることを思い出す。

ひょっとしてデル様がこのような備えを指示していたのかしら？　……あり得るわね。だって彼はほんとうに優しくて賢いひとだもの。戦争も体験しているから非常時の大変さは身をもって知っているだろうし。

なんと素晴らしい国だろうか。日本と比べて技術や医療などの発展は遅れているけれど、ブラストマイセスは間違いなく豊かだと確信する。デル様の政治とはこういうことなのかと垣間見た気がした。

いつもどこか飄々として余裕溢れるデル様だけれど、その中身は国民第一の熱い心を持つ魔王様だ。

……そうよ。デル様は立派な魔王様。ライのご両親の件はきっと事情があるはずだわ。

彼に直接話を聞くまでは気にしないようにしていたことが頭をよぎる。ぶんぶんと首を振って仄暗い靄を振り払う。

そういえば、御者の彼はどうするのかしら？

彼とは毎回町に入ると別行動をしている。出発時刻を決めて待ち合わせているのだけれど、今回は一緒に野営することになるのだろうか？　しかしオムニバランに入ってすぐ別れてしまったし、連絡をとる手段もない。

「……まあ彼も大人だし、大丈夫でしょう」

私は1人分の物資を持って野営場所へ向かった。

入領門の外側は手入れのされていない草原だ。ぽつぽつとテントが張られており、他にも野営している人がいた。

テントを張って荷物を整え終わるころには周辺は暗くなっていた。ホーホーと梟のような鳴き声が響き渡る。

季節は秋の始まり。昼間は暑いけれど、夜になると涼しい風が吹いて過ごしやすい。

テントの戸締りをしてランタンに火を入れる。ふうと一息つき、まずは食事にすることにした。今夜のメニューは案内所でもらった干物と持参した携行食だ。

袋から出した干物は踏み潰された蛙のような姿かたちだった。トロピカリでは見たことがない食材だ。

蛙はあまり食べたことがないわと心躍らせながら、さっそく歯を立てる。

——うん、いけるわね。例えるならなにかしら、この味は？　……ああ、あれに似てるわね。牡蠣の味だわ。

悪くない。むしろ美味しい部類ではないだろうか。オムニバランは領主様だけでなく食も素晴らしい土地だとは。疫病が解決した暁にはサルシナさんを誘って観光をしに来たい。

——疫病ねぇ……。

不穏な言葉を思い出してしまった。干物を咀嚼しながら状況を振り返ってみる。

オムニバランの総合案内所は入領門のすぐ隣にあったから、町全体の様子が摑めたわけではない。しかし野営地に向かう前に少しばかり観察してみると、やはり異常だった。

まだ明るいのに目に入る店は全て閉じていたし、人通りは皆無。たまたま通りかかった住民らしき男性は私を見るなり一目散に逃げて行った。病気の感染を恐れていたのだろうか。怪しく静まり返った街の様子になんとも言えない緊張感が湧いた。

……これだけ大規模に患者が発生しているのだから、なんらかの感染症ではないかしら。あるいは公害病という線もあるわね。健康を害する物質が生活水に混じっていて、それを飲んだ住民たちが病気になっているという可能性だ。

もし感染症だった場合、私が感染したらデル様のもとへ行けなくなってしまう。薬剤師兼研究者として一連の疫病はすごく気になるけれど、まず優先するべきことは一刻も早くデル様に討伐計画を報告することだ。そこを間違ってはいけない。デル様が傷つけられるようなことがあっては疫病の対応を指揮するひともいなくなってしまうからだ。

デル様には私が道中見てきた状況も併せて報告したほうがいいかもしれない。

考えているうちに干物と携行食は胃袋へと消えた。手と服に付いた食べかすを払い落とす。

水筒から1口水を飲んで喉を潤し、リュックを枕にしてゴロリと横になる。

……デル様はお元気かしら。

再び彼の顔が脳裏に浮かんだ。

艶(つや)やかな黒髪に、夜空あるいは海のように深く青い瞳。淡白な表情に時折浮かべる悪(いた)

戯っぽい表情や子供のように無邪気な笑顔。存外すらすらと彼のことが瞼に浮かび、同時になぜだか顔が熱を持つ。

居心地が悪くなって寝返りを打つ。

「………会いたい、なぁ」

昨日マスターと楽しく騒ぎすぎたせいかしら。なんだか寂しいわ。

そう思いながらも、マスターのせいではないと薄々気が付いていた。ただこれがどういう感情なのか自分でもわからなかった。

家族を守らなきゃという焦り、薬学や研究への知識欲、未知なるものへの興味。これまでの人生で感じてきた感情はその3つで大半が占められる。しかし、この世界に来てからはどれにも属さない気持ちになることが増えた。

温かいひとたちに囲まれて自分のために時間を使い、やりたいことをやって生きていける。私はきっと、この世界を愛し始めているのだろう。それはとても幸せなことだと思った。

これまでの楽しい記憶を思い浮かべていると、私はいつの間にか夢の世界へ旅立っていた。

6

明くる朝、すっきりとした気持ちで覚醒する。テントを開けるとひんやり湿った空気が流れ込み、空には灰色に濁った雲が気怠そうに流れていた。

待ち合わせ場所に向かうと御者はもう待機していて、無事にオムニバランの封鎖前に出発することができた。

彼によると次の目的地ゾフィーまでは半日程度。今日までのところ雨に降られることもなければ馬も元気に走ってくれているため、王都には予定より早めに到着できるかもしれないということだ。

ゾフィーの次がロゼアム。その次が王都アナモーラだったわね。先が見えてきたわ！

トロピカリを出発してから4日が経っている。随分と遠くまでやって来た。

窓を流れる景色はオムニバラン市街地から草原となり、そして丘のような小さな山へと移り変わる。

くねくねとした道を抜けてしばらくしたころゾフィーに到着した。

オムニバランが封鎖となっているのでゾフィーはどうだろうかと心配だったけれど、入領制限はかかっていなかった。

「よかった、ここは封鎖してないみたい」

無事に町の入領門を通過できてほっと胸を撫で下ろす。

まずはマスターからのおつかいをこなさなければ。総合案内所で東部病院の場所を聞き、馬車で30分と近いようなのでさっそく向かうことにした。

ゾフィーはトロピカリと似た雰囲気の街で、車窓から見える豊かな自然と黄色い煉瓦でできた素朴な平屋の街並みが印象的だった。

「こんにちは、私はセーナといいます。アピスのオマさんからこちらへ手紙を預かってきました」

東部病院の窓口で用件を伝える。オマさんというのはマスターの名前だ。

この病院は、日本の感覚だと中規模の総合病院というところだろうか。照明は薄暗く、壁は灰色の石がむき出しの造り。重厚で歴史が感じられる雰囲気だけれど、古い病院特有の空気の淀(よど)みと重さがある。そして忙しいのだろうか、医療スタッフたちが早足で行き来している。

「――フラバス先生宛てですね。ちょうど昼休憩を取っているところなので面会許可を取ってまいります。少々お待ちくださいませ」

手紙だけ渡しておいてもらえればそれでいいのだけど……。とは言えなかった。事務さんの心意気を無下にするのが憚られたため黙っていた。

近くの待合椅子に座って異世界の病院を眺め回していると、事務さんが戻ってきた。許可が取れたので部屋まで案内してくれるらしい。

窓口の裏手のほうが医局になっているようだ。ひんやりした灰色の石の廊下を進み、とある木製ドアの前で彼女は足を止めた。

「こちらがフラバス先生の部屋です。お入りください」

「ありがとうございます」

彼女にお礼を言い、ドアをノックする。

やや間があって返事が聞こえたので、ガチャと開いて入室する。

「失礼します……」

「やあやあ、きみがセーナ君か！」

迎えてくれたのは眼鏡をかけた馬顔の中年男性だった。

診療疲れだろうか、メチルオレンジのような赤色の髪はボサボサで、顔には無精髭が生えている。整ってはいるけれど、これといって特徴のない顔にはひどいクマがあった。

「初めましてドクターフラバス。トロピカリに住んでいるセーナといいます。旅の途中でアピスに寄ったところオマさんと知り合いまして、手紙を預かりました」

「ああ、そんな畏まらなくていいよ。楽にして。苦手なんだよね、堅苦しいのは」

椅子に背をもたれながらにこやかに笑うドクターフラバス。その脇にはジャムをたっぷり塗ったパンが皿に乗っており、まさに今昼食中であることを物語っていた。

随分と気さくで物腰柔らかなお医者さんね。言葉の通り気軽に口をきいてしまっていいのかしら……？

私の心の声が聞こえたのか、ドクターフラバスは再度「本当にいいから」と苦笑し、手元の手紙に目を落とした。

「手紙、ありがとう。確かに受け取った」

「……では、お言葉に甘えさせていただきます。もしお返事を書くようでしたら、現在アピスは郵便ギルドの手が足りていないようなので配送遅延に気を付けたほうがよさそうです。マス……オマさんが言うには流行病の影響だそうです」

「そうだねえ……。手紙に書いてあるけれど、アピスも大変みたいだね。う〜ん、悪いけど無理だなあ、ちょっとこっちも状況が厳しすぎる」

疲れた馬顔にさっと暗い色がさす。

ゾフィーも状況が厳しい、とはどういうことかしら？　勤務がとてもハードなのだろうか。

いまいち彼の言葉の意味が摑めず首をかしげていると、ドクターフラバスが私を見てわざとらしく口角を上げた。

「ねえ、セーナ君は薬師をしているんだって？　手紙の最後に書いてあったんだけど」

「は、はい。普段はトロピカリで薬師をしておりますが」

「そうか、それはありがたい！　ねえ、もしよければ意見を聞かせてほしいことがあるんだ。旅の途中で悪いんだけど、今日の宿はこちらで面倒を見るからちょっとだけ病院を見ていってくれないかなあ？」

　ドクターフラバスが懇願するような声を上げた。

「えっ⁉」

「お願い！　僕だけじゃどうにもならなくて行き詰まっているんだ！」

　ガタンと音を立てて勢いよく椅子から立ち上がり、ドクターフラバスは頭を下げた。

「え、えぇ～……」

　非常に断りづらい空気が醸し出されていた。

　医師の頼みをきっぱり断れる薬剤師がいるのなら見てみたい。医療現場の薬剤師は常日頃から医師や看護師の板挟みになって仕事をしている。各方面に気を遣い、ノーと言わずに全てをどうにかする。これが薬剤師の悲しき性であり抗うことのできない職業病だ。

　……それに。力になれるかわからないけれど、ここまで切羽詰まっている人を放っていくことは私にはできなかった。意見を聞くだけ、ということならさほど大変なことではないのかもしれない。

「……頭を上げてください。明日の昼に出発できれば日程的には問題ないので、それまででしたら大丈夫です」

「そうか、助かるよ！　ありがとう！」

ドクターフラバスはぱあっと破顔し、私の手をとってガシガシと握手した。

疲れ切った彼を少し明るい気持ちにできたようで私も嬉しい。ははは笑いながら、握手する手にぐっと力を込めた。

昼食を済ませるまでちょっと待っていてほしいということだったので、一旦ロビーの待合椅子に戻ることにする。部屋を辞すると先ほどの事務さんが待ってくれていて、帰りも案内してくれるとのことだった。

彼女の後ろを歩いていると、小さな肩が小刻みに震えていることに気が付いた。

秋とはいえ、まだまだ寒いというわけではない。不思議に思いながら見ていると、次第に彼女の足元がふらついてきた。酩酊しているかのような千鳥足である。

「あの、大丈夫ですか？　もしかして具合でも悪い――」

言い終わる前に彼女は背中を丸めて激しく咳き込んだ。胸を抱えて膝をつき、そのまま廊下に崩れ落ちる。

「っ⁉」

慌てて駆け寄り顔を覗き込むと真っ青だ。しかし触れた腕は燃えるように熱い。
そして——白い制服のブラウスにはべったりと鮮血が付いていた。

7

「大丈夫ですか⁉　私の声は聞こえますか⁉」

床に崩れ落ちた事務さんに声を掛け続けるが返事はない。

軽く肩を叩いてみても反応はなく、意識を失っていると判断する。

いきなりどうしちゃったのかしら⁉

突然の出来事に心臓がうるさいくらいに高鳴っている。しかし私は医療者だ。できる処置を冷静に行わなければいけない。焦るな慌てるなと自分に言い聞かせる。

呼吸は正常にあることを確認して回復体位をとらせる。

事務さんをまずは横向きに寝かせる。上になっているほうの腕を顔の下に入れ、もう片方の腕は前に伸ばす。姿勢を安定させるために上になっている足は軽く曲げておく。

——これが回復体位だ。嘔吐があった場合に気道に詰まることを防ぐほか、呼吸を楽にする役割がある。

安全を確保したのち急いでドクターフラバスの部屋へ飛び込む。

「ドクターフラバス！　そこで職員さんが吐血して意識を失いました！」

急変を告げると、彼は厳しい顔をして壁にかかった白衣を身にまとう。

「ちっ……本当に何なんだ。ありがとうセーナ君、今行く」

彼は早足で部屋を後にして、廊下で横になっている事務さんのもとへ駆け付ける。

昼食のパンのジャムだろうか——無精髭にオレンジ色のものを付けながらも、彼は素早く応急処置を施していった。

その手際は見事の一言で、日本の医師にも匹敵するような鮮やかなものだった。

そうこうしているうちにバタバタと看護師さんたちが現れて事務さんを担架に乗せた。

私も付いてきてほしいと言われたので、渡された白衣と口元を覆う巾（きん）を着用し、邪魔にならないように集団の後ろへ加わった。

事務さんを乗せた担架はどんどん階段をのぼっていく。3階に着いたところで部屋に入った。

私も息を切らせて階段をのぼりきり部屋へ続く。てっきり病室か処置室だと思ったそこには、まるで別世界のような光景が広がっていた。はっと目が見開かれる。

——野戦病院、とでも言えばいいだろうか。

冷たい床に敷き詰められた毛布。その上に横たわる無数の患者たち。

体育館ほどの大きさな部屋に響き渡るのは咳き込む音と慌ただしく処置して回るスタッ

フたちの衣擦れの音だ。

「なに、これ……」

思わず声が出てしまった。いや、言葉を失ったと言うべきか。

反射的に足が1歩後ろに下がるけれど、そこでぐっと踏みとどまる。

心臓がどくどくと脈打ち頭の先は血が巡っていないような感覚。時が止まったかのように瞬きを忘れ、周囲の状況を凝視することしかできなかった。

患者が多すぎてベッドは撤去されたのだろう。この大きな部屋も、恐らくいくつかの大部屋を繋げて作られたような感じだ。

お年寄りが多いけれど、若者や子供もちらほらいる。皆に共通しているのは、発熱しているのだろうか、はあはあと呼吸が荒い。また、ざっと見た感じ手足に湿疹も出ている。

事務さんと同じように吐血している人もおり、意識のない重症者もいるようだ。

人工呼吸器などない。重症と思われる患者でもせいぜい点滴が繋がれているぐらいだ。

この点滴はトロピカリの診療所でも見たことがある。日本で言う生理食塩水だ。清潔な水に食塩を添加してつくるもので、脱水を防ぐ役割がある。

「……今、ゾフィーでは原因不明の病が流行っている。見ての通り発熱と湿疹、出血が主症状だ。マスターの手紙を見る限りアピスの病とかなり似ているね」

隣からドクターフラバスの低い声が耳に入り、はっと意識が引き戻される。

オムニバランで聞いた症状とも似ているわ。あそこも同じ疫病かもしれない……。

「……原因不明。つまり治療法がない、ということですか？」

だから薬師である私の意見を聞きたい、ということなのだとピンときた。

「その通り。原因が分からないから対症療法しかできないんだ。そのうえ罹患してしまうと5割が亡くなる」

「ご、5割……！」

2人に1人ということだ。これはかなり高い数字である。

「少し前からぽつぽつと患者が出始めて、じわじわと増え続けている。この病院は臨時で専門病院になっているんだ。ゾフィーはアピスと違って人口が少ないから、住民にはなるべく外出せず接触を控えてもらっている。ただ、患者が溢れるような事態になれば町を封鎖することになるだろうね」

「……ゾフィーの医療では、どのような処置ができますか？」

「切ったり縫ったりの簡単な手術、投薬、点滴はできるけど、設備上難易度の高いものはできないな」

「確認ですが、投薬というのは薬草のことですよね？」

「うん。煮たものや潰したものを使っているよ」

トロピカリの小さな診療所と比べればできることは多い。しかし、まだまだ日本よりは遅れていることを再認識した。

「わかりました。正直なところ想像を超えていましたが、明日の昼までにできることはあるか調べてみます」

「ありがとう。院内は自由に見て回って大丈夫だよ。何かあったら僕の名前を出していいから」

ほっとした表情を見せるドクターフラバス。私の言葉を受け止めると足早に患者の処置へ向かって行った。

……各地を襲っている流行病。旅の遂行を優先してかかわりを避けてきたけれど、どうやらここまでみたいだ。ひとたび患者を前にしてしまえば、後戻りするという選択を取ることはできなかった。

王都はもうすぐだ。もし自分も体調を崩すようなことがあれば、御者にデル様宛ての手紙を託して持って行ってもらおう。

……私も症状の把握をしておいたほうがいいわね。

発熱に湿疹、患者の広がり方を考慮すると、やはり感染症の線が強い気がする。その上でどういった菌なのかが重要だ。私は医師ではないけれど、少しでもヒントが見つかれば——。そう考えながら患者のもとへ歩き出す。

数歩進んではたと足を止める。――そういえば、先ほどの事務さんの急変もそうだけれど、これだけ多くの患者を前にしても身体の震えが出なかったわ。驚いたものの具合が悪いというわけではないし。

手のひらを見つめ、グーパーと閉じたり開いたりを繰り返す。発作の予兆は微塵も感じられない。これまでとは決定的になにかが違う、どこか不思議な感覚だった。

ふと脳裏に降りてきた気付きは、じわじわと確信へと姿を変える。この世界に来てから患者と向き合い、自分と向き合い、私はとうとう乗り越えることができたのだと。

「………私はやっとなれたのね」

患者の前に堂々と立てる薬師に。

涙がじわりと滲み胸の奥が熱くなる。失われていたピースがはまり、自分が自分として完璧になったような爽快感が全身を駆け巡る。

不完全な薬師だった自分に引け目がなかったわけではない。だからこそ目を背けず立ち向かい続けた。報われない努力があるかもしれない、けれどやるしかないと言い聞かせて。私は心の中で、少しだけ自分を誇らしく思った。

と同時に、なんとしてもこの病気を解決したいという気持ちが強くなる。

感慨にふけるのは後だ。横たわって肩で息をしている高齢男性のもとに進み声を掛ける。

「こんにちは。薬師をしているセーナといいます。治療のために症状を拝見しますね」

男性の発語はなかったけれど、目線で了承の意を伝えてくれた。

高熱に加えて咳と鼻血も出ているわね。で、湿疹は――。男性の腕に目を落とす。

ひゅっと喉が鳴った。

「まさか、そんな……」

挑戦的なほどくっきりと浮かび上がる赤いもの。見覚えのありすぎるハートマーク。

それはかつて自分の身体にも存在していたハートの悪魔だった。

8

事務室に移動して、机に並べた患者カルテを睨むこと小1時間。私の頭の中はあいつのことでいっぱいだった。

「ハートの湿疹が目に入ったときは、息が止まるかと思ったわ……」

男性患者の腕にあった特徴的すぎるハート形の湿疹。急いで他の患者を確認したところ同じものが出ていた。その次の患者にも、次の次の患者にも、それはあった。

これが意味するのは、疫病の原因がハートの悪魔ことスタフィロコッカス　フィラメンタスである、という可能性だ。

かつて私も罹患した病気。この世界に来る原因になった、生死をさ迷った病気である。まさか異世界に来ても対峙することになるとは思わなかった。こういうのを腐れ縁って言うのだろうか？

全く嬉しくない再会だわ……。深くため息をつきながら天井を仰ぐ。

体力を奪う高熱、出血傾向、なにより特徴的なハート形湿疹。まさにフィラメンタスの症状にそっくりだ。死亡率は元の世界では3割程度だったけれど、医療水準の低いこの世界なら5割でも納得できる。

ずばりフィラメンタスでなくとも類縁の系統、どんなに外れてもなんらかの細菌感染であることはほぼ間違いないだろう。

「厄介なのは、もしフィラメンタスなら既存の抗菌薬が効かないということなのよね。だから新薬を開発していた。でも、フィラメンタスではない別の細菌であれば抗菌薬が効く可能性は高いわ」

——ここまでの推測をまとめると、この疫病の原因はスタフィロコッカス　フィラメンタス。そうでなくてもなんらかの細菌感染だ。フィラメンタスであれば治療薬はないけれど、フィラメンタス以外の細菌感染であれば一般的な抗菌薬で治る。こういうことだ。

フィラメンタスか、別の菌か。それを調べるためには菌の遺伝子を調べることが確実だ。しかし、ここブラストマイセスには遺伝子に関する技術も設備もない。ではどうしたらよいか。

「抗菌薬を作ってみて、それが効くかどうかで判断するしかないわね。効けば一般的な細菌感染。効かなければ、フィラメンタスである可能性が濃厚ということになるわ」

ただ、この国に抗菌薬はない。どうやって作るかが問題になってくる。

日にちさえあれば1から有機合成するとか菌を分離培養するとか試行錯誤できるのだけれど、そんな時間はない。

となると、申し訳ないがあの方法しか思いつかない。私は複雑な気分になりつつも、患者対応しているドクターフラバスのもとへ向かった。

「ドクターフラバス、1つ方法を思いつきました」

「えっ、もう何か分かったの⁉」

驚くドクターフラバスにひとつ頷き、私たちは彼の部屋へ戻った。

「――ということで、この病気の原因は細菌である可能性が高いです」

「サイキン、ねぇ」

ブラストマイセスには菌やウイルスという概念がないのでそこから説明する必要があった。私が異世界からの転移者だということは話がややこしくなるので伏せておき、異国の医学書で読んだということにしておいた。

「それで、細菌が原因であれば、コウキ……抗菌薬とやらが効く、と」

ドクターフラバスは飲み込みが早かった。難しい顔をして無精髭の生えた顎を手で揉む。

「その通りです。私の経験や異国の医学書での知識を踏まえると、細菌感染の可能性が高いです。ただ、どんなことでもそうですけれど、１００％そうとは言い切れませんが」

理系の性だろうか。どんなに確信があることでも常に例外値があることが気になってしまい、保険をかけた言い方になってしまう。

「……何もできないよりはいいよ。今は少しでも治療の足掛かりが欲しいんだ。で、疫病の原因が細菌なのかフィラメンタスってやつなのかは、抗菌薬が効くかどうかで判別するんだったね。抗菌薬を作るのは時間が掛かるのかい？」

「はい。実のところ99％フィラメンタスではないかと疑っているのですが……やはりきちんと検証実験をしてみないといけません。抗菌薬が疫病に効くかどうかの実験はすぐにできますが、効くとわかった場合は薬を大量生産しなければなりません。そこに時間が掛かりますね」

「策はあるかい？　すまないね、セーナ君に頼りきりで。僕に――僕たちにできることであれば全力で協力させてもらいたい」

「ありがとうございます。1つ案を考えました。まずは取り急ぎ抗菌薬が効くかどうかの実験を行います。で、抗菌薬が有効であれば、大量生産できる人物に協力を要請したいと思います」

「そんな人がいるの？　一体誰だろう？」

意外そうな顔をしたドクターフラバス。その眼鏡の奥に光る黒い瞳をしっかりと捉えながら答える。

「……国王様です」

ぽかん、とドクターフラバスの表情が抜け落ちた。

「こ、国王様に協力を要請するだって⁉」

彼は数秒ののち表情を取り戻した。

「はい。国王様はたいへん優れた魔法の技術をお持ちなので、きっと薬を合成できると思うのです」

私は以前デル様が虹を出したときのことを回想していた。

彼は魔法陣を通じて原子や陽子、そういったものを分解して再構成させていた。その現象を目の当たりにして、魔法とはすなわちすごく広い意味での錬金術のようなものだと私は解釈していた。つまり、森羅万象から目的物を創り出す力を彼は持っているのだ。

暴論だという自覚はある。でも、ごくシンプルに考えてみても、風だの雷だのだって自由自在に出せるのだから薬1つ作ることも容易いのではないかと思う。

幸い私は薬剤師であり研究者でもあったので、フィラメンタスの特効薬であるXXX−969や既存の抗菌薬の化学構造式は全て頭に入っている。――つまり、私が完成図を提示して彼に魔法で合成してもらう。それが私の考えた案だ。

我ながらいい考えだと思ったのだけれど、ドクターフラバスは頭を抱えていた。

「せ、セーナ君は無茶苦茶だな。色々と突っ込みたいことはあるんだけど……まずね、君はまるで国王陛下と面識があるかのような言い方をしているね？　一応質問するけれど、そうなのかい？」

ドクターフラバスはひどく疲れ切った表情をしていた。心なしかこの数分で目の下のクマが圧倒的に濃くなった気がする。

言われてみれば彼の疑問はもっともだ。田舎の薬師が国王様本人の協力を前提とした案を出すなんてどうかしていると思うのが普通だ。日ごろデル様と気安い関係にあるため、そのあたりの常識が抜け落ちてしまっていた。

ドクターフラバスは信頼できそうな人物だし、隠さねばならないことでもないので事情を説明する。

「そのまさかなんですよ。実は私、国王様の専属薬師をしておりまして」

彼は耳のすぐそばで風船が割れたかのように仰天した。

「ええっ！　そうなの⁉」

椅子からひっくり返るんじゃないかと思うほど驚いたのち、彼はなにやらぶつぶつと呟き出す。

「あー、ああ。なるほど君が。……あの話がセーナ君のことだったんだな。なら、まぁ、いいか。……ねぇセーナ君。ごめん、さっき黙っていたことがある。この疫病についてもう1つ分かっていることがあるんだ」

「えっ、なんですか？」

ドクターフラバスが改まった表情で私を見つめた。

「感染しているのは皆人間なんだよ。魔族の者……普段は人間に化けてるから見た目は同じだけども……彼らは誰も感染していない。だから今この病院の医療スタッフは皆魔族だ。もちろん僕もね」

「そ、そうなんですか⁉　ま、魔族――？」

「陛下の専属薬師ということであれば魔族の存在は別に驚くことでもないだろう？　それでだね、医療スタッフは魔族なんだけど、さっき倒れた事務の女性は人間だ。事務方のスタッフも魔族にしておくべきだったんだ。これは僕のミスだ」

舌を巻るドクターフラバスだけど、申し訳ないことにあまり頭に入ってこなかった。

魔族は人間に化けて暮らしていたの!?　そのことで私の頭はいっぱいだった。

実はこれまで心の中に引っ掛かっていたのだ。デル様が魔族と人間の共存と言う割には、魔族らしき生物が見当たらないなあと。

長年の疑問が解決されてかなりすっきりした。と同時にドクターフラバスの話が再び耳に入ってくる。

「――それで、さっき聞いたところだと細菌は小さな生き物みたいなものなんだよね？ なら説明が付く。僕たち魔族が持つ魔力は身体の内外を常に循環していて、他の生物を排除する性質がある。だから、命を持たない毒なんかは魔族にも効くんだけど、細菌みたいな生命体は魔力が堤防になってくれて感染しないんだと思う。あ、もちろん魔王陛下は別格だから大抵の毒も効かないけどね」

「なるほど、理解しました。すごいんですね魔力って。そういう働きがあるのだと初めて知りました。ぜひいつか詳しく研究させてほしいです！」

「研究……？　君は魔王様の専属薬師だから教えたけど、今の話は秘密ね。魔族の弱点にもなる話だから。……って!!　だったら人間のセーナ君は感染しちゃうんじゃないのっ!?」

ドクターフラバスは大きくのけ反って再び仰天した。椅子がガタガタッと悲鳴を上げる。

先ほどからドクターフラバスの感情を揺さぶりすぎている気がする。気苦労を増やしてしまって心苦しいと思うと同時に、彼がもし日本にいたら良質なリアクション芸人になれそうだわと感心する。

「理論上はそうなりますね。ただ私は仕事上様々な菌に接しているのでかなり耐性があります。……万が一感染したとしても抗菌薬が完成すれば問題ないでしょう」

真実半分、嘘半分。

一番可能性が濃厚なフィラメンタスは感染済みだから体内に免疫ができている。他のごく一般的な細菌も同様だ。まずいのは全くの未知の病気だった場合。そうなるとさすがにどうしようもないので、生死は運に任せるしかない。

だけどそれも今更だ。医療従事者たるもの日々そういう脅威にさらされながら働いているのだから。

「――時間がありません。さっそく抗菌薬の実験をしたいので、今から言うものを準備していただけますか？」

ドクターフラバスは真剣な面持ちで頷いた。

研究者として病原体と戦っていた日々を思い出し、心の奥が湧き立つような感覚がした。

ヨシの血が騒ぐ。この世界でもフィラメンタスに負けるわけにはいかないと。

9

ゾフィー東部病院の古い実験室で検証実験は行われることになった。埃をかぶっていた実験器具や医療器具を引っ張り出して、どうにか整えた場だ。

「今からアピス、オムニバラン、ゾフィーを襲っている疫病に抗菌薬が効くかどうか検証する実験を行います。効けば一般的な感染症。効かなければフィラメンタスという新しい菌による感染症ということになります。皆さんよろしくお願いします」

医療ドラマさながらの光景である。

目の前にいるドクターフラバスと助手の看護師さんの表情は真剣そのものだ。しっかりと白衣を着用して口元は巾で覆う。手指はしっかりと酒精で消毒済みだ。

これから行う実験は３ステップ。

ステップ１：青カビから「ペニシリン」という抗菌薬を精製する。
ステップ２：ペニシリンと患者からとった膿を一緒に培養する。
ステップ３：結果の判定。

空気中に漂う雑菌が混入しないようにするため、酒精ランプのすぐそばで作業を開始する。使用する器具は全て事前に煮沸あるいは酒精で消毒済みのものだ。

まず、青カビの生えたオレンジを手に取る。これは病院近くの青果店からもらってきたものだ。

綿棒でオレンジを覆っている青カビを擦り取る。それを三角フラスコに用意しておいた芋の煮汁に攪拌し、綿で栓をする。

これを翌朝まで振盪培養する。本来ならカビが十分に増えるまで何日間か培養するのだけれど、今回は時間がないのと実験用に少量精製できればよいので1晩で設定した。

翌朝青カビの培養液を確認すると昨日よりとろみが増しており、ダマのようになっている部分もあった。うん、いい感じだ。

「とろみが増しているので青カビが増えていると思われます」

「そう、よかった。まずはある程度カビが増えないといけない。そうだったね？」

「はい、その通りです。青カビがペニシリンを作るので、カビが増えないことには量が取れないんです。さっそくペニシリンの精製に入りましょう」

ドクターフラバスと看護師さんに補助してもらいながら、ろ紙を使って培養液を濾していく。ろ紙に残った残渣をガラス棒で圧迫し、しっかり液体成分を回収する。

「このろ液に抗菌薬――ペニシリンが含まれています。今はそれ以外の雑多な成分と混じっている状態なので、ペニシリンだけを取り出す作業に入ります」

そう伝えると、2人はしっかりと首肯した。

蠟燭（ろうそく）をいくつも灯（とも）しているうえ、白衣や巾を装備しているから暑い。じわりと額に汗が浮かぶ。

ろ液に等量の油を加えてガラス棒でよくかき混ぜる。

目的成分のペニシリンは水に溶けるので、分離した水の層だけを慎重に回収する。これでもまだ雑多な成分が混じっているため、作業は続く。

砕いた炭を溶液に加えてガラス棒でかき混ぜる。

……そういえば、以前毒キノコに当たった女の子を助けたときも炭を使ったわね。

あのときは毒キノコの成分を炭に吸着させたけど、今はペニシリンを吸着させているというわけだ。

ほどよいところで炭のみを回収する。清潔な水で数回洗浄したのち、酢でも洗浄を行った。ツンと鼻を突く匂いが室内に充満する。

「酢で洗うことにより炭に付着しているアルカリ性の夾雑物（きょうざつぶつ）が流されます。ペニシリンは酸性物質なので炭に残ったままになります」

酸とかアルカリとか、ブラストマイセスにそういう概念があるのかわからないけれど、気にしないことにした。この実験は異国の医学書で読んだということになっているので、本にそう書いてあったのですよという顔で進めていく。

ドクターフラバスと看護師さんは必要最小限しか声を出さず、神妙な顔つきで付いてきてくれている。口を挟むと作業の妨げになると配慮しているのかもしれない。

「最後です。この炭に重曹を溶かした水を注いでろ過します。その溶液にペニシリンが分離されているはずです」

ドクターフラバスに重曹水を注いでもらい、私は別の容器にそれを受ける。

無事にペニシリン溶液を得ることができてほっとした。あと一息だ。

額に滲んだ汗をハンカチでぬぐう。

「では、患者の湿疹部から採取した膿を持ってきてください」

「わかりました」

試料が届くまでの間に昨日仕込んでおいた寒天培地を取り出す。寒天の粉を煮沸した水に溶いて作ったもので、麦の煮汁や野菜エキスなんかも入っている。このエキスは菌が生育するための栄養分となる。

小さな匙を酒精ランプで炙って殺菌したのち、培地に押し付けて冷ます。膿をとり、ぎざぎざ状に培地全体に擦り付ける。

培地の左半分にペニシリン溶液を数滴たらせば完了だ。

念のため同じものを3プレート作り、恒温器に入れる。ここで数日間培養だ。

「——はい。これで一通りの作業は終わりです。数日培養して、阻止円ができれば抗菌薬が有効ということになりますね」

「セーナ君、阻止円とはなんだい？」

「あっ、すみません。ええとつまり、今培地に塗った膿には疫病菌が入っているわけです。それとペニシリンが戦うことになるわけですね。ペニシリンが効けば、そこには疫病菌が生えず丸く抜けたような円ができます。これを阻止円といいます。逆にペニシリンが負ければ培地一面に疫病菌が生えるわけです。阻止円はできません」

「なるほど。ありがとう、理解したよ。いやあ異国の医学は発展しているんだね。見たこともない手技だった！」

感嘆の息を漏らすドクターフラバス。看護師さんも隣で目を輝かせている。

「い、いやあ、ほんとうにすごいですよね、抗菌薬を見つけた人は。——じゃあ、これにて実験は終了です。まずは明日の夜に培地を確認してみましょうか。頻繁に取り出して観察するのはよくないと書いてありましたので。おふたりともお疲れ様でした」

看護師さんは一礼したのち病人の対応へ戻っていった。ドクターフラバスは片付けを手伝ってくれるとのことで、恐れ多いと思いながらもお言葉に甘えることにした。

「いや〜、実験が滞りなく終わってよかったよ。あとは待つだけか。セーナ君、本当にありがとう。抗菌薬が効くといいんだけれど」

器具を洗いながらドクターフラバスが弾んだ声で言う。私も隣で使った溶液を流しながら応じる。

「いいえ、こういう実験は好きなので楽しくやらせてもらいました。ほんとうに、効くといいんですけどね……」

「結果が楽しみだな。患者を前にして何もできないっていうのが一番辛かったんだ」

「そうですよね。自分の無力さを思い知るというか、不甲斐ない気持ちになりますよね」

排水溝に吸い込まれていく溶液を目で追いながら、私はお母さんが乳がんになったときのことを思い出していた。

当時の私は中学生で、お母さんが病気になっても抗うすべを持たなかった。お母さんが一番ショックだっただろうに、そういった素振りを一切見せず、私とお姉ちゃんを安心させるように振る舞っていた。それがまた悔しかった。自分は子供なんだと、庇護される対象なんだと思い知った。だからこそ治療のサポートは全力でやろうと思ったし、家事も全て請け負った。家族のためにできることなんてそれぐらいだったから。

そのときの無力感をばねにして私は薬剤師になり、そして製薬会社の研究者になり、病気に抗うすべを身につけた。

時代や世界が変わっても病気はなくならない。1つ薬ができても、また未知の病気が流行りだす。まるで終わりのない追いかけっこのようだと思う。

「――セーナ君、大丈夫かい？　随分険しい表情をしているけれど」

「あっ、すみません！　大丈夫です。ちょっと旅の疲れが出たのかな？　あはは……」

平和だったトロピカリでの生活と今の殺伐とした状況の差に、少々弱気になっていたようだ。

……私が弱気になってどうするの！　できるできないではなくやるのよ星奈。常に全力で、できるまでやる。気合で乗り越える。それしか私の取り柄はないのだから。

自分を奮い立たせ、笑顔を作ってドクターフラバスに返事をする。

「阻止円ができれば、あとは魔王様にペニシリンの大量合成をお願いすればいいですから。そうしたら疫病は解決するはずです。もう一息ですから多少の疲れは平気ですよ」

「そう？　とりあえず今日はもう休んだほうがいい。ごめんね、滞在を延長してもらうことになっちゃって」

ドクターフラバスはまだ心配そうな顔をしている。

「いえ、気にしないでください。ご厚意に甘えて今日はゆっくり休みます」

旅の疲れは実際のところほとんどないのだけれど、疫病の対応についてゆっくり考える時間が欲しい。

ペニシリンが効くようであれば注射剤にしたいけれど可能かしら？　片付けを終えて実験室を後にした私の頭の中は、希望的観測でいっぱいになっていた。

しかし――その日から3日間培地を観察していたものの。私たちが阻止円を見ることはなかった。

【薬師メモ】
ペニシリンとは？
1928年、イギリスの医師であるアレクサンダー・フレミングによって発見された世界初の抗生物質。フレミングはこの功績によりノーベル医学・生理学賞を受賞した。

10

阻止円が全くできなかったということは、疫病に対してペニシリンが効かなかったということだ。ペニシリンはその作用機序から、効きが悪いということはあっても全く効かないということは考えにくい。例外菌はあるものの、いずれも今回の臨床症状と照らし合わせると除外される。

つまり、疫病はフィラメンタスだという仮定が確定したということだ。

急きょドクターフラバスと話し合い、今後の方針としてはデル様の魔法でXXX―969を合成してもらう、という案へと方針転換をした。

「それなら実験をせずに最初からXXX―969を合成していただけばよかったんじゃないの？」

ドクターフラバスは言った。

確かにその通りなのだけど、XXX―969は有機化学的に特殊な方法で合成されるためブラストマイセスの技術では生産ができないのだ。デル様の魔法合成に頼りきることになり、それはあまりよくないように思えた。一方のペニシリンは青カビから簡単に得ることができるため、デル様の手を煩わせずとも民間の力で生産販売が可能だ。ペニシリンが効くのであれば、そちらのほうがいいと思ったのだ。

そんな理由を伝えるとドクターフラバスは納得し、君は陛下を大切に思っているんだね、なんてニコニコしながらからかわれてしまった。もちろんデル様のことは大切な友人だと思っているけれど、ドクターフラバスの笑みにはちょっと違ったニュアンスが含まれているように感じられたのは気のせいだろうか。

「こっちは大丈夫だからセーナ君は王都へ急ぎなさい。もう時間がないんでしょう？」

「はい。魔王様にしっかりお伝えしますね。大変だと思いますがあと少し踏ん張ってください！」

トロピカリを出てから8日が経っていた。

ほんの数日の付き合いだったけれど、随分とドクターフラバスとの絆が深まった気がする。同じ目的に向かうもの同士、あるいは医療従事者同士、彼とはどこか通じるものがあるように感じた。

次の町ロゼアムを抜ければ王都だけれど、不眠不休で走り抜けても到着は9日目の深夜というところだろうか。1秒でも時間が惜しいので、挨拶もそこそこにゾフィーを出発した。

馬車は最低限の休憩だけを挟みながら王都を目指した。

途中で雨が降ったため予想より時間が掛かってしまい、10日目の明け方に王都の外壁へ到着した。急いで入都の手続きを済ませる。

総合案内所の男性によると、ここから王城までおよそ2時間だそうだ。

討伐計画の詳細が不明なのでいつ何時デル様の身に危険が及ぶかわからない。明け方に急襲を計画しているのなら、下手したらもう既にという可能性だってある。一刻の猶予も許されない。

「栗毛ちゃん。ここまでありがとうね」

長い道のりを頑張ってくれた栗毛の馬にお礼を言い、案内所のすぐ隣にある馬車乗り場から別の馬を貸してもらう。1人乗り用の鞍と手綱、鞭も用意してもらった。

「セーナ様、どういうことでしょう!?」

トロピカリから一緒に来た御者が、帽子の下から慌てた声を出す。彼を横目に見ながら私はひらりと馬に飛び乗った。

「時間がないのでひとりで飛ばしていきますね。用件を済ませたらすぐゾフィーに戻るので、帰るまでここで待っていてもらえますか？」

幌馬車でゆっくり向かっていては到底間に合わない。そう判断した私は自ら馬を駆ることにした。

足で馬の腹に合図を送る。ヒヒィィンと頼もしい声で答えたのは立派な体格をした葦毛の雄馬だ。馬に乗るのは大学の馬術部以来。ブランクはあるけれど鞍に座れば当時の感覚が自然と蘇ってくる。

「さあいくわよ。やあっ！」

ひとつ鞭を打てば、勇ましく馬は駆け出した。

「セーナさま……？」

御者の戸惑う声は、遥か遠くで聞こえた。

濡れた石畳の道を蹄が力強く蹴る。夜が明けきらない王都の街に人影はない。軽快に響き渡る蹄の音、そして私の青いワンピースがパタパタとはためく音だけが耳に入る。

王都の地図は予習済み。全て頭に入っている。まずは中心部へ向かえばよい。

田舎のトロピカリと違って王都アナモーラはぎゅうぎゅうと建物がひしめいている。その間を縫うようにして軽やかに疾走する。

30分ほど走ったころ大きな道に出た。左右を確認するとすぐに進むべき方向はわかった。

ああ、あそこが——！

小高い丘の頂にそれはあった。朝焼けがまるで後光のように射し出し荘厳なシルエットを浮かび上がらせる。夜の闇が溶けきるまであと僅か。

もう少しね……！

私は目を細め、無心で鞭を打ち続けた。

「……ここがデル様のお城ね」

アナモーラの中央、小高い丘に王城はそびえていた。

イメージしていたファンタジー映画に出てくるようなお城とは少し違った。

どっしりとしたメインの建物があり、前後左右に離宮っていうんだろうか、また別の建物が見える。それぞれから塔みたいなものがいくつか飛び出していて魔女でも住んでいそうな雰囲気だ。城壁越しに見ているだけだから、見えない部分にも色々建っているかもしれない。

黒い建材でできていることも相まって、重厚でかっこいいお城だ。デル様本人は魔王らしくないけれど、お城は魔王城らしさ満点である。

とりあえず正門を目指して馬を進める。

トロピカリを出てちょうど10日。道中、討伐隊らしい人たちは見かけなかった。間に合っているといいのだけど……。

約束なしで押しかけているものの、緊急事態だからどうにか繋いでいただけると信じたい。

厳めしい大きな門の前には2名見張りの騎士が立っている。そのうちの1人、気怠い表情をした女性騎士に声を掛ける。

「あの、おはようございます。国王様に緊急でお伝えしたいことがございます。面会させていただけませんか？」

亜麻色の髪をした女性騎士は胡乱な目で上から下まで私を検分する。

「……どちら様ぁ？　ずいぶんと朝が早いけど、お約束はしておられるの？」

「私はセーナと申します。約束は、すみません、してないんです。ただ国王様の専属薬師をしておりまして、怪しい者ではございません」

「専属、薬師……？」

女性騎士の目がギラリと光り、空気にピリッと緊張が走った。

……えっ？　なにかまずいことを言ってしまったのかしら。

身を固くしていると、慌てた様子でもう1人の少年騎士が間に入ってきた。

「ちょ、ハンシニー、抑えろ‼　……すみませんね薬師殿。こいつ夜勤でちょっと疲れてるみたいで。すぐ陛下に連絡を取りますので、少々ここでお待ち――――」

少年騎士の言葉は上空で響いた大きな羽音でかき消された。何事かを察知した2人は途端に表情を引き締め地に膝をつく。

なんだなんだと空を見上げれば、朝日で逆光になった堂々たる影が私たちの上に落ちる。

ああ、この圧倒的なオーラは――――。

森羅万象を支配し覇者たる風格で他を凌駕（りょうが）するひと。神々しいまでの魔法を操り、世界に干渉できるひと。けれどその実虚弱で、照れ屋で、笑顔が可愛らしい私の大切な友人。

前回会ったときから2週間と経っていないのに、ひどく懐かしい感情が胸に広がる。

風と共にふわりと舞い降りてきたのは果たしてデル様だった。

背中に黒い羽のようなものが見えたけれど、瞬きする間に消えてしまう。

「セーナ！　もしかしてわたしに会いに来てくれたのか？　気配を感じたから急いで来たんだが」

朝焼けに照らされながら満面の笑みを浮かべるデル様。朝日よりもお顔のほうが眩しく感じるのはどういうことなんだろうか。

早朝だというのに彼に眠そうな様子はなく、澄んだ空気以上に爽やか。討伐隊によって害された様子は微塵も感じられない。

「デル様っ！　ご無事でよかったぁ……！」

張り詰めていた全身の力が抜けていくのがわかった。

するりと降馬し夢中でデル様に飛びついた。腕の中のデル様は温かくていい匂いがする。服越しに感じるたくましい筋肉は実に健やかだ。

うん、いつも通りのデル様だわ。危害を加えられる前に辿り着けてよかった……！

無事を確かめるように彼の胸におでこを擦り付ける。

「はぁ、ずっとこうしていたい……あったかい……」

ここはもしかして楽園なのだろうか。ゾフィーに入ってからはずっと気を張っていたので、この居心地のよい空間に溶かされそうな心持ちになる。

しばらくうっとりしていると、すぐ上からため息と共に呆れた声が降ってくる。

「……セーナ、本当にそなたはたちが悪いな。ひとまず場所を移動しよう。ひとりで馬に乗って来るなんて、何か事情があるのだろう？」

がっしりしがみ付いている私の頭を優しく撫でてくれたのち、デル様は指をパチンと鳴らす。ほとんど同時に周囲の景色が変わる。

私は彼の私室だという部屋へ移動していた。

◇

城門には少年騎士と唇を噛む女性騎士が取り残された。肉厚で妖艶な唇からは口紅のように真っ赤な鮮血がつつと流れ、白い騎士服の胸元を派手に汚している。

「……ねえエロウス。あたしの聞き違えじゃないわよねぇ？　あの小娘、デル様ってお呼びになったわよぉ。一体全体、どういうつもりぃ……？」

「落ち着けハンシニー！　うおっ！　俺を石にしようとするな！」

――その日、城門付近で石にされる者が続出して大変だった、とセーナが知るのはもう少し後の話である。

第五章　泡沫の恋

1

「――――というわけで私はデル様のもとに来たわけです」

デル様の私室にてこれまでの経緯を説明した。討伐の件、各地を襲っている疫病の件、XXX―969の合成の件にと、順を追って全部である。

腕を組み難しい顔をしているデル様は、なぜか私の隣にぴったりくっついて座っている。向かいのソファが空いているのだから、そちらにゆったり座ったほうがよいのではないかしら？　妙に落ち着かない気分だ。

国王たるデル様の住まいについては、部屋の端が見えないほど広い部屋に金銀ぴかぴかの家具を想像していた。しかし実際は30畳ほどの現実的な広さ。家具は落ち着いた黒やブラウン系が多く、質素だけど高級なんだろうなという印象がある。謹厳実直な彼にぴったりだと思った。

「……色々やることはありそうだが、まずはセーナ。わたしのために遥々(はるばる)ここまで来てくれてありがとう」

言いながら彼は軽く私を抱きしめた。自分から飛びついたさっきと違って恥ずかしい。顔が一気に熱くなるのを感じた。

友人同士の気安い抱擁とはいえ、妙にくすぐったい気持ちになってくる。

「わたしはこれでも国で一番強いと言われているのだが……そなたが心配してくれて本当に嬉しい」

抱きしめる腕に力が入る。ぽかぽかした体温とデル様が心から嬉しいと思ってくれている気持ちが伝わってきて頬が緩む。自然と私も彼の背中に腕を回す。

「ゾフィーで時間が掛かってしまったので、間に合うかどうかひやひやしたんです。デル様が無事でいてくださって安心しました」

「トロピカリからここまで危ないことはなかったか？　疫病のこと以外で」

私の髪を耳に掛けながら、デル様が顔を覗き込んで尋ねる。

「特段危ないことはなかったですし、アピスでは面白い人と知り合えましたから、どちらかと言うと旅を楽しめました。あっ、でも、途中でふと寂しくなったときはありましたね。オムニバランで野営した日です。早くデル様に会いたいなぁって」

「っ……！」

デル様が言葉にならない声を漏らし、ぴくりと全身を震わせた。

「出会ってからまだ半年くらいですけど、デル様は大切な友人ですからね！」

「…………」

――デル様は沈黙してしまった。一気に空気が淀んだ感じがする。

あれっ、今のは失言なのかしら⁉　馴れ馴れしすぎたかしら……？

愛称呼びを提案したときに似たような焦燥が私を襲う。

「セーナ、こんなときに言うことではないが……わたしは誰にでもこんな態度を取るわけではない」

デル様は天鵞絨のような髪をかきあげながら、ねめつけるような視線を寄越した。いつも冷静なデル様が珍しくいじけた表情をしている。

「と、言いますと？」

「…………好きでもない女性を抱きしめたり、愛称で呼ぶのを許したり、私室でふたりきりになったりしない」

「…………」

「付け加えるなら、こういうことをするのは３００年余り生きてきて初めてだ」

デル様は私の目を真っ直ぐ見た。ある種の圧を持ったその真剣な眼差しに押されて上手く呼吸ができなくなる。

恋愛経験の乏しい私だけれど、ここまで言われたら彼がなにを言いたいのか見当がついた。

デル様は私の手をとり片膝をついて跪く。同じ目線の高さになった彼の瞳には深い青が広がっていて、いつか思ったように吸い込まれそうなほど美しい。

薄く形のよい唇が少しだけためらいを見せたのち、言葉を紡ぐ。

「セーナ、そなたが好きだ。魔王という責務、そして病に侵され、淡々と日々をこなすだけだったわたしにそなたは希望と温かさをくれた」

デル様は私の手の甲に唇を押し当てる。

柔らかな感触を認めた部分から、ぶわっと全身に熱が広まっていく。

「で、デル様……」

私は顔を赤らめて目線を泳がせることしかできない。心臓がひたすらにどきどきとうるさく音を立てている。彼にも聞こえてしまっているだろう。穴があったら飛び込みたい気持ちでいっぱいだ。

彼にとられた手を引っ込めようにも、がっちりと握られていて許されない。

デル様は見目麗しいし、なにより内面が素晴らしい。女性からのお誘いも多いだろうに、一体どうして私を好いてくれるのだろう……？

「そなたと出会ってから生きることが楽しいと思えるのだ。夜眠りに落ちる瞬間も、朝起きて最初に考えることも、決まってそなたのことだ。自分がこんな気持ちになれるなんて想像すらしていなかった。セーナ、そなたの心、声、美しい髪も瞳も、全て愛している」

私の目を捉えたまま真摯な言葉を重ねるデル様。

――恥ずかしい、の極みだ。

空いている手で口元を隠し天を仰ぐ。耳まで真っ赤になっている自覚があった。嬉しいとか、照れるとか、困るとか。もういろんな感情が閾値を超えて脳内を暴走している。デル様の真っ直ぐすぎる告白にどう反応したらよいかわからない。

「……本当は、この気持ちを伝えるつもりはなかった。セーナは異界の人間だし、こんなことを言われても困るだろうと思ったからだ。ずっと心の中に留めておくつもりだったのに――自分でも意外であるが、欲が出たようだ」

「よ、欲ですか」

「ああ。傍にいるだけというつもりが、気持ちを伝えるだけなら、となってしまった。どうしてもそうしたかったんだ。ああ、すまない、混乱させてしまっているな。わたしはそなたに何らかの返事を求めているわけではないのだ。安心してほしい」

告白の答えが欲しいのではなく伝えたかっただけだとわかり、申し訳ないけれど少しほっとしてしまった。

しかし繋がれた手はいまだ強く握られている。

「まあ、セーナもわたしのことを好いてくれたらな、なんて夢見てしまったことはあるが」

立ち上がりながらデル様は妖艶に微笑んだ。軽い調子ではあるけれど、私を見つめるその麗しいお顔にはえも言われぬ色気が漂う。

賢くて優しくて、とても魔王とは思えないデル様だけど。こうやって人外めいた美貌を目の当たりにするときはまるで美の悪魔のように感じられる。

彼は私の隣に腰を下ろして更に口角を上げた。

「冗談だ。セーナを困らせるようなことはしない。わたし自身にもそれは過分な幸せだ」

「さ、左様でございますか」

うぅ～、心臓がいくつあっても足りないわ。真っ赤な顔を見られたくなくて下を向く。デル様とふたりでいると、そのうち心臓発作でも起こしてポックリ逝ってしまいそうだ。強心剤のもとになる薬草、ジギタリスはどこかに生えているかしら？

「――それでだ。わたしからも1つ知らせがある。昨夜のことであるが、そなたを元の世界に戻す方法が分かった。禁書庫の更に奥の区域に関連する書物が残されていたのだ。時間が掛かってすまなかったな」

「あ……そうなんですか。ありがとうございます」

――元の世界に帰る方法がわかった。

全く頭になかったことを告げられて、意図せずなんの感情もこもらない返事をしてしまう。

そっか、私は元の世界に戻るのね。ここでの暮らしに馴染み過ぎてそういう気持ちに全然ならなかったけど……。そうよね、いつまでもいるわけにはいかないわ……。

日本に帰れば研究の続きができるだろうし、暮らしの設備も整っているし、環境的な不自由は少ない。お母さんとお姉ちゃんにも会える。

——けれど。自分らしく生きることができるのはここブラストマイセスだ。人に恵まれ未知なるものに囲まれて、心躍るような毎日を送ることができる場所。私はその揺るぎない事実に気が付いてしまっていた。

……帰りたくない、かもしれない……。

俯いた私にデル様は優しく声を掛けた。

「いいや、もとはと言えばこちらの手落ちだ。本当に悪いことをしたな。帰りたくなったらいつでも言ってほしい」

「……わかりました。今は——まだいいです。取り急ぎ疫病の件がありますから」

「そうだったな。かなり話が逸れてしまったが、討伐と疫病の件に話を戻そう」

薄い紗のカーテン越しに明るい光が滲む。

私たちはようやく本題に入ることになった。

2

「討伐の件は問題ないだろう。実のところ、人物に心当たりがある」

「えっ、そうなんですか⁉」

「ああ。捨て置いても問題のない鼠だが、念のため警備を強化しよう」

ほっとすると同時に、デル様は日常的に危機にさらされていることを知って心が騒ぐ。国王ともなれば当たり前なのかもしれないけれど、ほんとうに大変な立場だ。

「しかし……セーナにも無関係ではないな。あやつが動きを見せたし、トロピカリで暮らす以上は気を付けたほうがよい」

顎に手を当ててなにやらぶつぶつと呟くデル様。不思議に思っていると、彼は改まった表情でこちらに顔を向ける。

「セーナ。此度(こたび)の首謀者はロイゼだ」

「ロイゼ……さん？」

ええと、どちら様だったっけ。思い出せずにいるとデル様が補足してくれる。

「トロピカリの農業ギルド長と言えば分かるだろうか。ロイという通称を名乗っているが、あやつの本名はロイゼ。ロイゼ・フォン・フィトフィトラ。旧王国の末裔(まつえい)で、第1

王子にあたる者だ。ああ、父親は落命しているから王という表現をしてもいいのかもしれないが……。まあそのあたりはどちらでもよい。いずれにせよ形だけのことだ」

「ろ、ロイさんが旧王国の第1王子⁉」

悲鳴にも似た叫び声を上げる。それほど予想の斜め上をいく情報だった。ど、どうしてそんな人物が片田舎の農業ギルドに……⁉

デル様は私の心の声が聞こえたかのように疑問を解決してくれる。

「終戦時の取り決めにより王族は追放となったが、身分の剝奪はしていない。何の意味もなさない称号に縋り付くなど愚かなあやつらしい考えだ。肩書だけ持っていても仕方がないというのにな」

つまり、王子といってもこのブラストマイセス王国においては何ら意味をなさない称号であり、平民同然の扱いだという。

「そう、だったんですね。驚きました。ロイさんはなぜデル様を狙うのでしょう？　も、もしかして旧王国を滅ぼしたことを恨んでいるとか？」

「その通りだ」

デル様は疲れた表情でため息をつく。

「ロイゼはわたしのことを恨んでいる。不当にフィトフィトラ王国を滅ぼしただの、両親を殺したのはわたしだのとな。弟を巻き込んで事あるごとに嚙み付いてくるのだ」

両親を殺された……？　そのフレーズを聞いて私ははっとライのことを思い出した。

「あの、デル様。すみません、話がまた逸れてしまうんですが。友人のライが言っていたんです。彼のご両親はデル様に殺されたと」

するとデル様の青い瞳が鋭く光る。向けられたことのない感情を受けて反射的に身体が強張った。

「……ほう。それで、セーナもそう思うのか？」

地の底が震えるような低い声。懸命に怒りを押し殺しているような圧を感じる。瞳の柔和で美しい青が、光を失い底冷えするような色へと変化していく。

見たことのないデル様の表情。震えそうになる声を必死で抑える。

「いいえ。デル様はそのようなことをするひとではないです。でも、ライも嘘をつくような人ではないですし……。なにか事情があるのだろうと思いまして、デル様に直接お話を聞くまでは考えないようにしていました」

息も絶え絶えにそう答えれば、デル様はふっと力を緩め瞳に光を取り戻した。部屋中を支配していた緊張も一気に霧散する。

「ありがとう。……すまない、怖い思いをさせた。そなたに嫌われたかと思ったら、自分でも驚くほど感情が動いてしまった」

「いっいいえ、大丈夫です」

デル様は怒るととても怖いわね……。私は初めて彼の〝魔王〟な一面を垣間見た。

彼は呼吸を整える私の背を申し訳なさそうに撫で、更に驚くべき事実を告げた。

「ライ――ライゼはロイゼの弟だ。第2王子にあたる。おそらく彼は兄にあることないこと吹き込まれたのだろう。彼らの両親が亡くなったのは事故だからな。これはきちんと記録に残っていることだから、いくらわたしでも改竄(かいざん)はできない。公的な証拠資料が見たければ提示しよう」

「ら、ライが第2王子――!?」

なんということでしょう。鶏屋さんの生意気店員が王子様だったなんて！　ライめ、そんなことちっとも教えてくれなかったじゃないの！

王子様であるという前提でライとロイさんを思い浮かべてみると、確かになるほどと思えてくるから不思議だ。なにしろ2人はトロピカリでも1、2を争うほどの飛び抜けた美形だし、人を引き付ける性格や能力、オーラがあるからだ。

仰天した私をデル様は「表情豊かで愛らしいな、セーナは」と笑う。

「まあ、そういうわけだ。ロイゼの件は問題ない」

「そ、そうですか」

「重要なのは疫病のほうだな……」

デル様の表情が引き締まった。

「この件は既に報告を受けている。明後日に視察の予定が入っていたところだが、そなたの話だとかなり状況はひっ迫しているようだ。……セーナ、これから共にゾフィーへ行ってくれないか？　現場を見ながら薬師としてのそなたの意見を聞きたいのだが」

「承知しました。もとより私単独でゾフィーに戻るつもりでしたから」

デル様の問いに、しっかりと頷きながら答える。

ドクターフラバスにアピスのマスター。旅で知り合った彼らのために、そして苦しむ患者のために。デル様に討伐の件を伝えたら私は全力で治療にあたる覚悟でいた。

「ありがとう。それで、魔法で薬を合成する件だが……言いにくいが結果は芳しくないかもしれない。むろん、試してはみるが」

「……デル様の力をもってしても難しいのですか？」

王国一強く、掃いて捨てるほど魔力が有り余っているデル様にもできないことがあるのか。思わず目をぱちくりさせる。いつものように飄々としながら「そんなこと容易い。任せておけ」と答える姿を想像していたからだ。

デル様は眉を下げる。

「わたしは見たことのあるものしか創り出せないのだ。先日の虹も、虹を見たことがあるから魔法で創ることができた。風や炎の魔法もそうだ、私がそのものを見知っているからできる。見たことのないものは創り出すことができない。……その、セーナが異世界で開発したという薬がここにあれば、魔力を流して構造を解析し、魔法で創ることはできるのだが……。言葉や概念の説明だけでは完璧なものにならない可能性が高い」

「そうなのですか。デル様が謝ることはありません。私が勝手に期待してしまっただけなので……」

「せっかくセーナが妙案を考えてくれたのに。すまないな」

申し訳なさそうな顔をするデル様。そんな顔をさせてしまって居たたまれない気持ちになる。ゾフィーに戻ったらドクターフラバスと相談しなければ。

それにしても、デル様はほんとうに優しい魔王様だ。国王自ら疫病の流行地に飛び込むことがあるだろうか？　普通の国であればあり得ないだろう。

そして疫病の最前線で戦うドクターフラバスを始めとした魔族の医療スタッフたち。100年前人間に攻め込まれたにも関わらず共存を望み、今こうして人間の看護をしているなんて。戦争に勝利した時点で人間を支配下に置くこともできただろうに。

そんな善良な種族が疫病に対して孤軍奮闘している状況にひどく胸が痛む。

私は改めて決意を口にする。

「――――私、魔族の皆さんと協力して絶対にブラストマイセスを疫病から守ります。私は薬剤師で研究者ですから」

デル様は少し目を見開いたあと、ふっと表情を崩した。

「ありがとう、とても心強い。セーナの薬のおかげでわたしの体調はかなり改善している。もうほとんど元通りと言ってもいいくらいなのだ。だから、そなたの腕は頼りにしているぞ」

「ほんとうですか！　薬がお身体に合ったようでなによりです」

その言葉に私は目を丸くする。正直、もっと時間が掛かると思っていたのに。どうやら漢方薬はデル様に効果てきめんだったようだ。

彼がずっと悩んでいた不調が楽になっていること、役に立てたことに喜びを感じる。

自然と声に力がこもった。

「さあデル様。行きましょう、ゾフィーへ」

「ああ」

デル様もしっかりと頷く。私の腰を引き寄せパチンと指を弾いた。

3

なんの前触れもなくつむじ風と共に現れた魔王様と私。その姿にたまたま居合わせた医療スタッフは騒然となった。

東部病院のロビーにはたちまち人ならぬ魔族だかりができ、「陛下がなぜこんなところに⁉」「本物なのか？」といった声が上がる。

皆一様に目を潤ませて跪き、デル様の服の裾に口づけをするひともいた。

私は邪魔にならないように少し離れたところからその光景を眺める。ほんの1分前まで私室で柔らかな表情を見せていたデル様は、魔王としての佇まいに移り変わっていた。身にまとう空気は緊張感を伴う覇気に溢れ、凛として精悍な形相。堂々たる魔王としての立ち居振る舞いだ。

彼が優しくて聡明な人物であることはわかっていたけれど、こうして魔族の皆さんから尊敬されている様子を目の当たりにすると、自分のことのように嬉しくなってしまう。

「へ、陛下あぁ！　本当に、本当にいらして下さったなんて……！」

誰かから連絡が行ったようで、歓喜の悲鳴と共にドクターフラバスが転がり出てきた。

「フラバス、久しいな。そのようにクマが深くなるまでご苦労であった。さっそく現場に案内してくれ」

数日ぶりのドクターフラバスはいっそう疲労の色を濃くしていた。肌は黄土色に乾燥しており、一方でオレンジ色の髪はべちゃっと湿っている。白衣もズボンもよれよれだ。入浴や着替えをする暇もなかったのだろう。それはゾフィーの状況が改善していないことを予感させた。

「承知しました。……先日セーナ君が来たときは3階までだったのですが、あれから患者が増えて2階までいっぱいになっています」

住民は外出自粛をしているため他人同士の感染は減少しているようだけれど、家族内で病気をうつしてしまう事例が増えているそうだ。

ドクターフラバスの案内で2階にのぼると、やはり野戦病院のような光景が広がっていた。

「これは……」

デル様は短く呻いたのち絶句した。

それはそうだろう、床いっぱいに患者が横になり、その顔は高熱で真っ赤あるいは真っ青。衣服から覗く肌には痛々しいほどの湿疹が見える。げほげほと咳き込む音、苦しげに唸る声が広い部屋に溢れている。

患者の間をてきぱきと動き回って処置しているのが魔族の医師と看護師だ。治療法がないため対症療法のみ施し、あとは患者の免疫力に任せるしかない状態だ。

……この光景は、デル様にどう映っているのかしら。

気になってちらりと隣を見上げてみるけれど、彼の表情に動揺は見られなかった。険しい表情をしているものの、不安や焦りといった感情を浮かべないのはさすがと言うよりほかない。

――お強いわね、デル様は。

常に動じない彼の隣にいると勇気をもらえる。私も私のやるべきことをしなければ。頭を切り替えてドクターフラバスに向き直る。

「ドクターフラバス。ペニシリンを実験したシャーレはまだ保存してありますか？」

「ああ、まだあるよ。持って来ようか」

「すみません。お願いします」

先日患者の膿から採取した菌とペニシリン溶液を培養したシャーレを持ってきてもらった。

植菌から5日ほど経過しているけれど、やはり阻止円はできていない。培地一面を疫病菌が邪悪に覆い尽くしていた。

「やっぱりだめね……」

もしかしたら、という最後の確認をしたのだけど。一縷の希望は失われた。

ハートの悪魔め。どうやって倒してくれようか。

腕を組んでううんと考えていたところ、デル様はドクターフラバスを伴って患者ひとりひとりのところを回り始めた。その姿を視線で追っていると、どうやら話ができる者には激励の言葉を掛けたり、熱がある者には氷の魔法でおでこを冷やしてみたり、衣類が汚れている者には清めの魔法をかけてあげているようだ。

ほんとうに、なんてお優しい方なんだろう……。

思わず涙がこぼれ落ちそうになった。

清潔とは言えない床に膝をつき、高価そうな装束や美しい長髪が汚れるのも全く気にしていない。無表情だけれど、その目は国民を心配する気持ちで溢れていた。

突如現れた魔王様に患者たちは最初こそ恐れおののいていたけれど、優しく言葉を掛けられ魔法で楽にしてもらうと、手を合わせてお礼を言っていた。顔をくしゃくしゃにして涙を流しているお婆ちゃんもいた。

励みになるでしょうね。具合が悪いと心まで荒んでくるもの。見捨てられていない、気に掛けてくれているとわかるだけでも心の薬になるものだわ。――目の前に広がる眩しい光景を見つめながら、私は自分にできることを必死で考えた。

どうしたら1つでも多くの命を救えるのか？　どうしたら専属薬師としてデル様のお役に立てるのか？

サルシナさんやライの顔が脳裏に浮かぶ。アピスからトロピカリへ――そして国中へと疫病が広がるのも時間の問題だろう。そうなったら運悪く命を落とす友人が出るかもしれない。死亡率は5割なのだ。

……私はそういうのが嫌だから薬剤師、研究者になったのよ。

病気に抗うすべを身につけて大切な人をこの手で守る。それが私の根底にある決意だ。

設備も薬もないこの異世界で、状況を打開する方法はなんだろう？　必死に頭を巡らせる。

──ほどなく私は1つの結論に至った。状況を根本的に解決できる、恐らく唯一と思われる方法に。

それは〝日本に戻ってXXX─969を持ってくる〟というものだ。

元の世界へ戻る方法がわかったと今朝デル様は言った。であれば、あちらに戻って特効薬を持ってくればいい。デル様は実物があれば魔法で合成できると言っていたから国中に配ることができる。万事解決だ。

問題は再びブラストマイセスに来るためにはどうしたらよいかだ。

いくつかの案が頭に浮かぶけれど、どれも賭けの要素を含んでいて100%上手くいく確証はない。

……でも、根本的な解決にはどう考えてもこれしかない。このまま疫病が広がるとブラストマイセスの人間は滅びてしまうかもしれない。ならば少しでも望みのある方法をとるべきだ。

私がずっとここにいても疫病を食い止めることはできない。だから、たとえ賭けに失敗してブラストマイセスに戻れなくても結末は変わらない。しかし賭けに勝ってXXX─969を持って戻ることができれば、確実に国を助けることができる。やらない理由が見当たらなかった。

患者を看病しているデル様の姿が目に入る。

戻ってこられなかったら、もう2度と会えないんだわ……。

今朝の真摯な告白が頭をよぎる。

――ああ、これは深く考えてはいけないわ。決意にほんの少しの揺らぎが生じたことを感じて慌てて頭を切り替える。

だめよ星奈。自分がやるべき役目を遂行するの。取り急ぎできることを済ませて、身辺整理の目処がついたらデル様に帰還の話をしましょう。

無理やり考えをまとめると私は調剤室へ向かった。

4

――昼休み。

フィラメンタスに対する特効薬、XXX―969が魔法合成できるかどうか、さっそくデル様に試してもらった。

しかし、結果としては失敗だった。デル様は以前虹を出してくれたときのように大気中の原子などを操り何度も何度もトライしてくれたけれど、できたものはベンゼン環が足りなかったり側鎖が違ったりと、物質として不完全なものだった。

有機合成と魔法合成では現象の表現が異なり、魔法のそれはニュアンスによるものが大きい。有機的な合成方法を丁寧に説明しても、言いたいことが正確に伝わらないことを痛感した。彼が今朝言っていた通り、言葉の説明だけで完璧なものを創り出すのは無理なようだ。

覚悟はしていたのでショックではなかった。XXX—969を日本に取りに戻るという代替案が頭にあるからか、私の心は凪いでいた。

デル様にお礼を言い自分の作業に戻ることにした。

去る前にできることは全てしていきたい。治療の助けになりそうな漢方薬を調合するのだ。ドクターフラバスに許可をもらっているから、調剤室にある薬草類は自由に使っていいことになっている。


確認すると、調剤室の生薬だけでは不足があった。様子を見に来たデル様にお願いしてトロピカリの自宅と魔法陣を繋いでもらい、追加の生薬を運び込んだ。

彼も患者対応で疲れていただろうに、嫌な顔ひとつしないどころか「セーナが私を頼ってくれたから疲れが取れた」なんて言って嬉しそうにしていた。近くにいたドクターフラバスが口をあんぐり開けてこちらを凝視していたのが少々気まずかった。

「フィラメンタスに対して漢方は気休め程度だけれど、ないよりずっといいわ」

ブラストマイセスの医療は、簡単な手術、薬草による治療が主だ。薬草による治療といっても単一の薬草を煎じて服用するのが主流。日本で一般的に使われている解熱剤や痛み止めといった西洋の医薬品は存在しない。薬物治療が遅れている世界だということは、暮らすうちに私も感じていたことだ。

疫病対策として調合するのはこれらの漢方薬だ。

麻黄湯、これは体力がありそうな者の高熱に用いる。麻黄湯は解表剤のなかでは最も峻烈な処方であり、インフルエンザに罹ったときにも使われるほど。発汗させることで病邪を追い出すという発想の処方だ。麻黄湯の適用が難しい患者や、こわばりが強い患者のために葛根湯も用意する。

皮膚の湿疹、化膿にも有用な漢方薬はある。診察から熱毒、湿毒の状態であると考えられたので十味敗毒湯を用意する。軟膏もあると便利だろうと中黄膏も練っておく。

他にも咳を鎮めるものや病後の体力回復に効果が期待できるものをさまざま調合していく。

患者は既に４００名以上いるし、これからどんどん増えると予測される。まとまった量を何処方も調合するのは一仕事だけれど、治療の選択肢は多いに越したことはない。患者の体質や病状によって使い分けに融通が利くのが漢方薬のいいところだ。

加えて板藍根(ばんらんこん)をふんだんに使った薬膳スープのレシピを作成し、素材と共に住民に配ることにする。板藍根は感染症の予防に応用される生薬で、ほんのり甘味があって食べやすい味をしている。疫病の流行や身内の罹患で緊迫している住民たちに少しでも安心感を与えたかった。

「ふぅ……膨大な仕事量だわ。明日以降もしばらく作業が続きそうね」

額の汗をぬぐいつつ調合に勤(いそ)しむ。誰もが身を粉にして働いている状況なので、人員をつけてもらおうとは思わない。単純作業だからひとりで対応できる。

ゾフィーの夜は静かに更けていった。

私が忙しく調合している数日の間、デル様はアピスとオムニバランの様子を見に行っていたようだ。

ゾフィーと同じか少しあちらのほうが悪かった、アピスは明日にでも町が封鎖されるだろう、ある晩の夕食の席でデル様はそう教えてくれた。こちらで調合した漢方薬と板藍根スープのレシピを送ってもらえないか打診すると、彼は２つ返事で了承してくれた。

よかった、これで少しはマスターも安心してくれるかしら。

……それにしてもデル様はほんとうに丈夫になったわね。少し前までトロピカリに行くだけで倒れていたなんて思えないわ。これなら私がいなくなっても大丈夫ね……。

出会ったころと比べると顔色も良いし、身体の線も一回り大きくなった。あちこち出かけても元気に帰ってこられるし、国王としての活動を問題なくこなせるまでに回復している。

彼の復調は喜ばしいはずなのに、しかし私の心はざわざわとしていてちっとも穏やかではなかった。

5

デル様とゾフィーに戻ってから1週間が経過していた。

ようやく一通りの薬をゾフィーとその他の流行地ぶん調合し終わり、一息つける状態になった。調合するそばから在庫が減っていくし、足りなくなった生薬を調達していたら予定より時間が掛かってしまった。

デル様は王城に戻らずゾフィーの東部病院を拠点に過ごしている。患者を清めたり声掛けで励ましたり、時には他の町の状況を視察に行き指揮をとっている。普段の執務は夜中お城に行ってこなしているようで、ろくに休んでいない。

疫病は国内にどんどん広がっているようだと彼は教えてくれた。騎士団を利用して各地にゾフィーのノウハウと漢方薬、板藍根スープのレシピを届けるつもりだという。

各地の医療者（魔族）が全力を尽くして治療に当たっている。

しかし、それではこの病気は治らないし収束しない。できることは対症療法のみであり根治できる薬がないのだから。人間がこの疫病に打ち勝つためにはあまりに持っている武器が少ない。

私は覚悟を決めていた。

「デル様、少し夜風に当たりませんか？」

ある日の夕食後に彼を誘ってみる。視界の隅でドクターフラバスが親指を立てて生ぬるい笑顔を向けていたけれど、見て見ぬふりをする。

実は、ドクターフラバスはここの院長だった。そりゃあ忙しくてクマも濃くなるわねと納得したのは数日前のことだ。

了承してくれたデル様を連れてやって来たのは病院の屋上だ。

季節は秋の終わり。冬の訪れを予感させる切なさを孕んだ風が吹く。空には点々と星が姿を現し始めていた。

「ここ、お気に入りの場所なんです。調合の休憩時間に新鮮な空気を吸いに来てまして」

広く抜けた屋上は無機質な石造りで、おしゃれな場所でもなんでもない。しかし平屋が多いゾフィーでこの病院は5階建て。街を一望するには十分な高さがある。疲れたときにぼんやりと景色を眺めて癒されるには最適な場所だ。

手すりの上に腕を置いて横に並んだ彼に視線を向ければ、彼もなるほど、といった表情をしていた。

「いい場所だ。見晴らしもいいし、一息つきたくなる」

デル様の髪が夜風に吹かれてさらさらと流れる。疲れているだろうに、全くそれを感じさせない佇まい。しかし私は知っている。彼はつい半年前まではトロピカリへ視察に行っただけで倒れるような体調だったことを。いくらなんでも無理しすぎだ。

「デル様、お疲れではありませんか？　普段の執務に加えて患者対応や地方の視察。まともに寝ていないでしょう」

「……少しな。でも大丈夫だ、セーナの薬をきちんと飲んでいるから。あれは本当によく効く」

じいっと彼を見つめていると、彼は子供をあやすような笑みを浮かべて私の頭に手を置いた。

「疑っているな？　残念ながらわたしは本当に大丈夫だ。倒れて熱を出していないのが何よりの証拠だろう？」

ううん、確かにそう言われればそうなんだけれど。熱はデル様の体調をはかる物差しのひとつだ。

「わかりました。でも、しんどくなったら早めに教えていただけますか。そのための専属薬師ですから」

「分かった」

デル様は私に1歩近づいた。腕と腕が触れ合っている。

いつもならドキリと緊張する場面だけれど、今日の私はしなかった。これから彼に話すことで頭の中がいっぱいになっていたから。

ぽつぽつと他愛もない話をしているうちに、心地よかった夜風は少し肌寒いくらいになる。

空には無数の星たちが煌々（こうこう）ときらめく。建物が低く空気が澄んだゾフィーの星空は降ってきそうなほど綺麗だ。地平線より上いっぱいに広がるそれは、まるでプラネタリウムの中かと錯覚するほど素晴らしい。

ああ、このたくさんの星の中に地球はあるのだろうか。

緊張でかさかさに乾いた唇を動かし、声を絞り出す。

「…………デル様。私……元の世界に戻ろうと思います」

「…………そうか」

締まった喉から出た声は掠れていた。

長い沈黙のあと、デル様は低く短く返事をした。

気持ちが落ち着かなくて彼のほうを見ることができない。真っ直ぐ前を向いたまま続ける。

「疫病に対してできることはやりました。各種漢方薬の作り方、使い方はドクターフラバスにお教えしたので問題ありません。デル様の体調も、しばらく今の薬を続ければ全快するでしょう。私はもうここでできることがないのです。元の世界に戻らないとできないことをやりたいと思っています……」

なんてひどい女だろうと自分でも思う。散々デル様によくしてもらって、好きだと言ってもらったのに。私が今話していることは、デル様の気持ちには応えられないということと同義だ。

でも、ほんとうのこと——フィラメンタスの特効薬を取りに戻ると告げたら責任感の強いデル様は止めるだろう。「セーナがそこまですることはない、国王としてわたしが片付けるべき問題だ」などと言いだすに決まっている。それは困るのだ。確かに国王として解決すべきことではあるけれど、それと私の決意は別問題だから。

日本に戻り、特効薬であるXXX−969を持ち帰る。その行動で多くの命が救われるのだから、そうするのが当たり前だ。たとえ2度とブラストマイセスに戻ってこられなくても、やらない後悔よりやった後悔のほうがずっといい。

私は自分の役目を全うしなければいけない。たとえ大切なものに気付いていたとしても。

手すりをぎゅっと握りしめる。金属がひんやりとその温度を私に伝えるけれど、手のひらはじっとりと汗ばんでいて嫌な感じがした。

「デル様、ごめんなさい。あなたの気持ちに応えられなくて……」

泣いてはいけない。ここで涙を見せてしまったら全てが台無しになる。潤む声を抑えてなんでもないように振る舞わなければいけない。

「……わたしに気遣いは不要だ。セーナが幸せであることが何より重要なのだから。元の世界に帰って、以前の暮らしをするのがそなたの幸せなのだろう？」

そう言った彼の声は小さく、明らかに寂しさを孕んだものであった。

優しい彼にこんな思いをさせていることに胸が張り裂けそうだ。だけど——どうしたらいいというのだろう。他にやり方があっただろうか。私は自分がこんなにも不器用な人間だったのだと今に至るまで気が付かなかった。自分が不甲斐なくてたまらない。

「門を開くには準備が必要だ。7日ほど待ってもらえるだろうか？」

「……はい。忙しいときにお手数をお掛けしてすみません」

「夜は冷える。風邪、ひかぬように」

デル様は着ていた上着を脱ぎ、丁寧に私の肩にかけた。上質な布にたっぷりと飾り刺繡が施されたそれはずしりと重たいけれど、彼のぬくもりで温かかった。

そのままデル様はカツカツと靴音を響かせて屋内に戻っていった。

私は背中でそれを見送る。結局、1度も彼の目を見ることができなかった。

手すりにもたれて夜空を見上げる。冷たい風が頬を撫でた。

……このまま風邪ひいちゃえばいいのに。

自分の意思でこうすると決めたのにもやもやが止まらない。割り切れないなんて私らしくない。お母さんの病気や家のこと、私は上手くやれてきた。自分の気持ちを抑えることなど容易くできたはずなのに。

けれども今は心が悲鳴を上げている。泣き出したくてたまらない。

「デル様。私の幸せはここにあるんですよ」

愛しいひとが治めるブラストマイセスに。

徐々に視界が熱をもってぼやけていき、夜空の星は溶けるように輪郭を失う。瞼いっぱいに溜まったそれは、やがて重力に負けて流れ落ちる。

ようやく自覚した。私はデル様のことが好きなのだと。だからこんなにも胸が苦しい。彼を傷つけて、引き替えに医療者としての自分を優先させることに負い目を感じている。

多分、出会ったときからずっと私は彼に魅かれていたのだろう。

最初は彼がフェロモンを放出しているせいで動悸がするのだと思っていたけれど、そうではないと気が付いたのはいつだっただろうか。

強くて優しい唯一無二の魔王様。そんな彼を傷つけ、悲しい顔をさせたことに私も傷ついている。そんな資格はないとわかっている、でも、溢れるものは止められなかった。

真実を告げたなら彼は必ず私のことを引き留める。そして全てを自分ひとりで背負おうとするだろう。

それでは命は救えない。魔族だけが生き残り、大半の人間は疫病によって亡くなる未来が待っている。国民だけではなく、王たるデル様も不幸になる未来が待っている。

「デル様、傷つけてほんとうにごめんなさい。優しいあなたならきっとすぐに素敵な女性が現れるわ……」

彼が自分以外の女性に触れ、温かな眼差しを向ける姿を想像すると心が張り裂けそうだ。深い悲しみが黒く心を覆っていく。

でも、これが私の選んだ道だ。

夜空いっぱいに広がるたくさんの星。あのどれかに私は戻り、新たな戦いの日々を始めるのだ。

6

それからの1週間も忙しく経過した。

私は引き続きゾフィー東部病院で寝泊まりし、診療の手伝いをしたりデル様専用漢方薬のストックを作ったりして過ごした。

デル様は拠点を王城に戻し、門の準備をしてくれているようだった。

仕事の合間にサルシナさんとライ、アピスのマスターに手紙をしたためた。挨拶もできずにいなくなって申し訳ない、元いた場所に戻ることになった、これまでお世話になった、という感謝を書き綴った。各地の郵便ギルドが正常に機能しているかどうかわからないため、みんながこれを読むころには私はもうこの世界にいないのかもしれない。

そう思うと目頭が熱くなった。

そうこうしているうちに「明日には門が使えそうだ」とデル様から連絡が入った。

万が一にでも遅刻するといけないので、前夜のうちに王城へ前乗りすることにした。

「お久しぶりです、デル様。ご体調はいかがでしょうか」

「ああ、おかげで問題ない。──いよいよ明日だな。門に関して説明したいことがあるから、夕食後に時間をもらえるか？」

「はい、もちろんです。お忙しいところすみません」

あの日屋上で涙を流しきった私は少しだけさっぱりした気持ちになれていた。憂いが全てなくなったわけではないけれど、こうしてデル様の目を見て普通に話せるくらいには気持ちが落ち着いている。きっと明日も問題なくやれると思う。

　デル様はまだ仕事があるらしく、侍従さんに私の案内を頼み足早に去っていった。

　折り目正しい侍従さんについて重厚な廊下を結構な時間歩くと、1人用には広すぎる豪華な部屋に通された。

　で、デル様の私室より広いんじゃない⁉

　床にはふわふわの絨毯（じゅうたん）が敷き詰められ、壁紙はベージュ地に金色の小花柄。女性が好みそうな家具が並び、甘いバニラ系の香が控えめに焚かれている。明らかに高貴なお客様をおもてなしするようなゲストルームだ。

　おろおろしている私を見た侍従さんは「最上級のお部屋にお通しするよう陛下から仰せ付かっております」と、うやうやしく頭を下げた。

　別の部屋にしてほしい、と頼むのもそれはそれで我儘（わがまま）のような気がしたので、ありがたく使わせてもらうことにした。

　侍従さんが退室してひとり部屋に取り残される。することがないのでぽつんとソファに腰かけて調度品を眺めまわす。

　夕食はご一緒できるかしらと少し期待したけれど、部屋に1人分の食事が運ばれてきたので粛々といただいた。

コンコンと控えめなノックが聞こえたので、紅茶のカップを置く。

どうぞ、と声を掛けるとデル様が姿を現す。王様なのにきちんとノックするところがデル様らしい。すぐに立ち上がって一礼する。

「ああ、座ってくれ。さっそくだが、明日セーナは門を通して元の世界に戻るわけだ」

彼は長い脚ですたすたとこちらに近づき、机を挟んだ対面のソファに着席する。

「はい」

「それで、以前にも話したと思うが門の通過には代償が必要だ。——そなたと出会ったばかりの頃にした話だから覚えていないかもしれないが。その話で来たのだ」

「あっ、すっかり忘れていました。そうでしたね、代償。門を使って行き来する場合に必要だとおっしゃっていましたね。なんでしょう、通行料でしょうか？」

私としたことがすっかり忘れていた。門というからにはお金を支払って通行する仕組みだろうか。お金、馬車代に使ってしまってあんまりないけど足りるかしら……？　ここにきて金欠で支払いができませんというのはさすがにまずい。冷や汗をかきながら財布とへそくり貯金の中身を思い出す。

「いいや、金ではない。代償は送る者と送られる者双方に発生する。つまり、セーナと門を開くわたしということだ。それで、セーナに発生するのは記憶の喪失だ」

お金の心配はなかったけれど、とんでもない単語に耳を疑う。

「きっ、記憶の喪失、ですか？」

「そうだ。具体的に言うとブラストマイセスでの記憶が消えるということだ。この世界の機密事項を持ち出されないように、門の創造主が取り決めた。夢を見ても起きたら忘れているように、そういう感じで元の世界と時が繋がるらしい」

デル様は業務連絡をするかのように、抑揚のないトーンで淡々と述べる。無表情を顔に張り付けており、じっと見つめてみても感情をうかがい知ることはできなかった。

出会った当初のような距離を感じる対応に寂しさを覚える。

でも、そう思う資格が私にないこともわかっている。

「私、全てを忘れてしまうのですか？　一生、なにがあっても思い出せないんですか？」

「……そうだな。生きている間に思い出すことはないだろう」

彼の強大な魔力をもってして記憶を奪うので、きれいさっぱり忘れてしまうらしい。

「ブラストマイセスでの出来事を忘れてしまうのはすごく悲しいです……」

心の底からそう思えば無意識に項垂れていた。自然とこれまでの生活が脳裏に浮かぶ。

……毒キノコに当たった女の子、親切にしてくれたライにサルシナさん。調合と畑仕事、スープ作りで平和だった毎日。そして強くて優しい魔王様、初めて好きになったひと――。

「……わたしもだ、セーナ」

はっと頭を上げるとデル様の青い瞳と視線がぶつかる。

彼は先ほどの無表情とは一転して、ひどく悲しい表情をしていた。麗しい眉を下げ、もうほとんど涙をこぼしそうなくらい顔が歪んでいた。

これほど負の感情を露わにしたデル様は見たことがなかった。だって、彼はいつでも自分を殺して他人のために生きるひとだから。

ズキンズキンと激しく胸が痛む。

「そなたがわたしにしてくれたこと、その全てに感謝している。体調のことだけではなく、些細な会話や、共に過ごした時間の全てにだ。そなたのおかげで久しぶりにとても温かい時間を過ごせた。――わたしはこの日々を決して忘れない」

「……っ、」

返せる言葉がなにもない。

今の私は膝の上でぎゅっと拳を握って俯くことしかできないのだ。

「あちらの世界でも健勝で過ごすように。そなたが幸せな人生を送ることを心から願っている」

そう言って、デル様は微笑んだ。

その寂しげな笑みを見て私は泣きそうになった。慌てて下を向き直し、ぐっと瞼に力を入れる。「ありがとうございます」「デル様もお元気で」——そんな言葉すら返していいのかどうかわからなかった。

今更なにか彼に言えることがあるだろうか。ほんとうは帰りたくない、私もデル様が好きですと言えたらどんなに幸せだろうか。

だけど、それは許されない。ここに残っても待つのは破滅の運命だ。

私の恋愛感情によって大勢の人間が疫病で亡くなるかもしれない。それはあってはならないことだ。

湧き上がるさまざまな感情を必死で抑えつけ、私は話題を転換した。

「……私の代償については理解しました。では、デル様側の代償とはなんなのでしょう？」

「それは知らなくてよい。セーナに比べたら取るに足らないものだからな」

「えっ⁉　ますます気になります！」

すごく気になるので何回か聞いてみるも、彼は頑として答えてくれなかった。教えてくれないと暴れますよ、と脅してみても「それはむしろ見てみたいな」と軽く笑うだけだった。

ちょっとした茶番だったけれど、彼の悲しそうな顔が引っ込んだことに私は少しだけ安堵(あんど)した。

デル様はもう今日の予定はないそうなので、最後の「話し相手」をお願いした。これは私の我儘だ。少しでも彼と一緒にいたかった。そんなことを言える立場にないのは重々わかっていても、でもやっぱり一緒に過ごしたかった。

出会ったころからの思い出話などをして、しみじみしたり、笑い合ったりして、帰還前最後の夜は更けていった。

――翌昼、王城の中庭にて。私はデル様が発現させた巨大な魔法陣の上に立っていた。

門というから建造物かと思っていたけれど、実体は魔法陣であった。

半径50ｍはあるだろうか。三角や四角の幾何学的な模様の中にびっちりと文字のようなものが描き込まれている。聞けば魔族の古代文字だそうで、素人目にもこれは準備に時間が掛かるわねと納得してしまうものだった。黒く怪しく光る魔法陣は、私の足元でゆらゆらと波打つように蠢いている。

昨夜デル様が自室に戻ったあと、色々考え込んでいたらいつの間にか窓の外が明るくなっていた。

割り切れていたはずのもやもやが、また心の中で燻り始めていた。

でも、どんなに思い悩もうが日本に戻るという決意自体が変わるわけではない。単に気持ちの問題ではあるのだけれど――それがどうにも私を苦しませていた。

はぁ、とため息をついて空を見上げる。気持ちのいい冬晴れだ。

……あ。遠くに虹が見える……。

王城の西の方角、山脈が連なるあたりに大きな虹が見える。晴れているのに虹とは珍しい。あちらの地域では雨でも降っていたのかしら。

そんなことを寝不足の頭でぼんやり考えていると、気遣わしげな美声で呼び掛けられる。

「セーナ、用意はいいか？」

私の隣に立つデル様だ。

「あっ、はい。いつでも大丈夫です……」

ぎゅっと拳に力を込める。政府の高官と思しき人物たちが遠巻きに見守るなか、門の魔術は発動された。

デル様が朗々と呪文のようなものを唱え始めると当時に、足元から目を細めるほどの光が立ち上る。黒い魔法陣が金色へと変化したのがわかった。

「通行証だ」

そう言ってデル様は私のおでこにひとつ口づけを落とした。さらりとした艶やかな黒髪と落ち着く香りが私を包み、そしてすぐに離れる。

途端に勢いを増した光があっという間に私を呑み込み、視界を奪い始める。

「あ、テル様――」

だんだん金色に霞（かす）んでいく視界のなか、彼に一言告げようと口を開く。

でも、なぜだか言葉が上手く出てこない。なにを話したらよいのか、ここはどこなのか、次第にわからなくなっていく。頭の先がぐいと引っ張られ、そこから自分の中身が流れ出していくような感じがある。

彼になにかを告げようと開いた口は目的を見失い、やがて自然と閉じられた。

金色の光に包まれ、宙へ落下していく感覚。

最後に見えたのは、とても寂しそうな表情をした――けれどとても凜々しく美しい男のひとだった。

第六章　それぞれの想い

セーナが無事に元の世界へ着地できたことを確認し、門の魔法陣を収束させる。彼女を送り出すときわたしは笑えていただろうか？

行くなと言ったら彼女は留まってくれたのだろうか。

――いや、無理だっただろうな。

ただ単に帰りたいという訳ではなさそうで、理由は話してくれなかったが何かを固く決意しているようだった。ふんわりした印象のセーナだが、こうと決めたことには意思を曲げない姿勢がある。それが彼女のいいところであり、わたしが好ましく思っているところでもある。だから黙って見送ることが正解なのだと何度も自分に言い聞かせた。

心の中の彼女がいた部分には大きな穴があき、虚無感が支配している。

彼女を愛し、隣にいる幸せを知らなかったころには戻れない。あいた穴は早く埋めてと心の臓を抉るのだ。この痛みと共にこれから生きていくのかと思うと絶望しか感じない。

「陛下。顔色が悪うございますが大丈夫でしょうか？　少々お休みになられますか？」

「……いや、問題ない。大丈夫だ」

「では、申し訳ありませんが鼠のご対応を。お急ぎください」

「すぐに向かう」

国王としてやることはいくらでもある。休みが欲しいと思うこともあったが、今は山様みの仕事に被めて感謝している。気を紛らわせないと正気を保てそうにない。

中庭から引き揚げて城の中へと戻る。

黒曜石でできた廊下を進む。薄暗い空間に冷たく響き渡るのは自分と侍従のふたり分の足音――。

「……」

しばらく歩みを進め、大広間に差し掛かったところで足を止める。

「――さて。話を聞こうかロイゼ王子。そんな物陰におらずとも、そなたに時間をさかぬほど狭量ではない」

先ほどからわたしを付け回している気配に向かって声を掛ける。

鼠が侵入したのは今朝がたのこと。優秀な臣下たちは彼の侵入に気付いてすぐに念話を寄越したが、放置しろと指示をした。門の魔術の邪魔をしたり手を出したりしてこない限り、こちらから何かするつもりはなかった。圧倒的にわたしのほうが強いからだ。

振り返ると柱の陰からゆらりと人影が現れた。その目はギラリと怪しく光り、手には刃物が握られている。

この男は欲と虚栄心の塊で、本当につまらないやつだ。白けた視線を向けているとロイゼが気色ばむ。

「貴様が国王だなんて僕は認めない。化け物の分際でこの国を治めるだと？　笑わせるな。この国は僕のものになるはずだった。返してもらおうか」

「何度も言っているが、それはできない」

目を細めロイゼをねめつける。

金髪碧眼の王子は旧王族の特徴をよく受け継いでいる。人の目を引く宝石のような容貌もそうだし、魔族を下に見て支配しようとする高慢な態度もだ。

100年前の戦争において旧王族は命乞いをし、生き延びた。ロイゼはその末裔だ。

「わたしは自分より優れた為政者にはためらわず玉座を明け渡そう。それで民が幸せになるのなら身分などどうだっていいのだ。――だが、そなたは為政者として失格だ。国を私利私欲のための道具としてしか見ていない。だからできないと言っている」

「薄気味の悪い魔族が。口を慎め！」

顔を歪めたロイゼが振りかぶり、間髪を入れず空を切り裂き刃物が飛んでくる。

少しだけ首を横に動かして避ける。カランと乾いた音を立てて短刀が床を滑った。

「陛下っ！　ご無事ですか⁉」

殺気を感知してバタバタと乱入する騎士たちを左手で制し、手出し無用だと目線を送る。数十名の騎士たちがやや距離を開けて周囲を取り囲んだ。

ロイゼは忌々しそうに騎士たちを睥睨（へいげい）したあと、こちらに向き直る。

「ごいたい、3か月ごとに様子を見に来て監視のつもりなのか。僕が――弟が何をしたというのだ。罪人のような扱いを受ける筋合いはない」

監視なのかと問われれば、そうだ。旧王族の末裔である彼らが妙な動きをしないように、定期的に様子を見に行っていた。

しかしながら彼らは同時に旧王国の被害者でもある。先祖——彼の曽祖父の罪によって平民に落ちたのだから。だから、平民としての暮らしに馴染んでいけるよう見守りの意味合いもあった。セーナの家にはその帰りに寄ることが多かった。

ただこのロイゼはどうもわたしのことが嫌いらしい。嫌われるだけなら特段気にしないのだが、こうして城まで乗り込んでくるあたり、どうやら本気で玉座を奪おうとしているようだ。

しかし、彼とわたしでは力の差は明白だ。それをこの男はどうしようというのか。まさか無駄死にしに来ているわけではあるまい。少し脅かすつもりで炎の魔法をロイゼに向かって放つ。

彼は懐から素早く黒いものを引っ張り出し、攻撃を防御した。

「……舐めないでもらいたい」

マントの表面が少し焦げたものの、ロイゼは無傷だ。不敵な笑みを浮かべながら彼はそれを雑に払い退ける。

床に落ちたその黒いマントにわたしの目は釘付けになった。

「……どこでそれを手に入れた？　そなたが作ったものではないだろう」

「答える必要はない」

人間が魔物の攻撃を防ぐ場合、魔物の素材を使った防具を用いるのが一般的だ。素材になった魔物の強さに比例して防御力も高くなる。

つまり、わたし(魔王)の攻撃を防ぐことのできるマントとは――。

「…………」

心の奥底から仄暗い気持ちが湧いてきた。

と、ヒュオッと空を裂く音が聞こえた。こちらに飛んでくる鞭が視界に入る。

再度炎の魔法を行使すれば、それは瞬く間に灰と化した。

「ちっ！」

「ロイゼよ、いくつか質問がある」

苛立(いらだ)ちを隠さないロイゼ。着ているシャツは汗でべったりと身体に張り付いており、筋肉の乏しいひょろりとした線を浮き上がらせている。

「セーナを誘拐したのはそなたの手下だな？」

「……」

沈黙は肯定だと捉える。

「わたしを恨み攻撃するのは勝手だ。いくらでも受けて立とう。だがしかし、何の罪もないセーナを狙ったのは許せぬな」

瞬時に殺気を膨らませる。ゆらゆらと溢れんばかりの魔力がみなぎるのが分かった。

ごくり、と周囲を囲む騎士たちが息を呑む音が聞こえる。

「そ、それは……っ！」

「正々堂々立ち向かうと勝てないと分かっていたからではないのか？ それが卑怯だと言っている。そのような者が国王になれるはずがなかろう？ ……まあ、何があったか知らないが、結局こうしてひとりで向かってきたことは褒めてやるが」

殺気をもろに食らったロイゼの額には脂汗が滲み、金色の髪が顔に張り付く。下唇を嚙みしめて悔しそうな表情を浮かべていた。

「跡形もなく捻り潰すことなど簡単だが、わたしは慈悲深いつもりだ」

コツリと1歩距離を縮める。

「1度だけチャンスをやる。無駄なことはやめてトロピカリで大人しく暮らせ。元王族ということで住まいも職もそれなりの配慮をしているはずだ。そなたの個人的な感情はそなた自身で解決しろ。仲間を陽動してわたしを討とうなどという馬鹿な真似は2度とするな」

ロイゼは無言のまま懐に手を突っ込み、まさぐっている。

また新しい武器を出そうとしているのだろうか。どうやら彼に改心するという選択肢はないらしい。

先ほどから手を替え品を替え色んなものを出してくるな。こいつは手品師にでもなったほうがよほど適職じゃないか、という呆れは一瞬で脳の片隅に追いやられた。

長い上着の下から出てきた右手には、剣が握られていた。

どす黒い魔力をまとった漆黒の刃に金色の柄。柄頭（つかがしら）には髑髏（どくろ）を模した装飾が付いている。――間違いなく魔剣だ。

正直、予想外の品だった。

「どうしてお前が魔剣を持っている？」

意図せず低い声が出た。

魔剣。その名の通り魔力を錬成してつくられた剣のことだ。普通の剣と何が違うかと言えば、魔剣は魔物に致命傷を与えることができる。

と同時に魔剣は伝説上の剣だ。およそ５００年前、祖父の治世に1本だけ存在が確認されたと書物に残っているが、その剣も現存しておらず書物の記載が真実なのかすら分からない。それくらいあやふやな存在のはずだ。市場で流通するなどまずあり得ない代物だ。

先ほどのマントといい、この男、きな臭さしかない。

魔物の攻撃を防ぐマントに魔物を殺すための剣。いずれも入手が相当困難であるものを2つもこの男が持っている。

この浅はかな男にそのような伝手(つて)があるとは思えない。裏にまだ誰かいる、あるいは利用されていると考えるのが妥当か……？

魔剣の柄を両手で握りこちらを睨みつけるロイゼ。目が据わっている。

この男は強欲さゆえにわたしを打倒して玉座を奪うことが目的だ。彼の後ろに黒幕がいるのだとしたら――やはりそれは、わたしの命が目的なのだろう。

マントに魔剣にと、此度の刺客は油断のならない者のようだ。

ぐっと両手の拳に力が入る。

なぜならこのマントから感じる魔力は――紛れもなく父上のものだから。

父上はわたしが幼いころ何者かに襲われて命を落としている。その亡骸と対面したとき、父上の長く黒い髪がばっさりと斬り落とされていたことに衝撃を受けた。

つまりこのマントは父上を襲った者なり組織なりが作ったものなのだ。実に悪趣味なことに、父上の髪を織ってだ。

ギリ、と唇を噛む。鉄の味がした。

茶番は終わりだ。最も知りたかったことを詰問する。

「これは命令だ。マントと剣の入手先を言え」

「貴様の命令など聞く筋合いはない」

胸の中のどす黒いものが一気に全身を駆け巡った。

刹那、わたしはロイゼを床に引き倒しその首に手をかけていた。全身の毛が逆立つような感覚を覚えながら再び彼に問うた。

「言え。どこで手に入れた？」

自制しないと彼の白くて細い首など一瞬で握り潰してしまいそうだ。

こんな男に対して気を遣わねばならないことに馬鹿馬鹿しさを覚えながら、爪先だけを皮膚にめり込ませる。

「ぐうっ……!!　はあっ、はあっ、……っ!!　し、知らない!!」

「ほう？　今の言葉が遺言ということで、そなたはよいということだな？」

「ごひゅっ！　あ、あ、ほっ、ほんとうに……知らない……。ひゅー、ひゅー。接触は手紙だけで……マントと剣は家の前……置かれてただけだ……離せ……息が……」

怯(おび)えの色を浮かべた青い目がわたしを見上げる。このような者と同じ瞳の色であることに吐き気がする。

ロイゼの顔は空気を求めて真っ赤になっており、目元にはじわりと生理的な涙が浮かんでいた。

彼の目には純粋な恐怖のみが見て取れた。

……知らないというのはどうやら嘘ではないらしい。この男はあくまで此度の実行犯として利用されただけのようで、事件の本筋には関わっていないと判断した。

首にかけた手を緩めてロイゼを解放してやる。途端彼は激しく咳き込み身体を丸めた。空気を求めて大きく呼吸を繰り返す。

「はあ、はあ……………。ちく……しょ……」

激しく肩を上下させる彼に向かって最後の質問を投げつける。

「最後の問いだ。ライゼにわたしのことを憎むよう仕向けたのはそなただな？」

「そうだよォ！　くそ、全部全部、俺が仕組んだことだぁぁぁぁぁ——っ!!」

言い終えるかどうかというところでロイゼは箍が外れたかのように自棄を起こす。呼吸が整わないまま血走った目で魔剣を構え斬りかかってきた。

腰に佩いた長剣を素早く抜き顔の前で受ける。

ガキンッッ！

高速で刃が触れ火花が飛ぶ。

理性を捨ててやみくもに斬り振ってくる剣筋を冷静に諌めていく。

左、右、上、左、左——

広間に金属音がリズムよくこだまする。

軟弱王子と思っていたが意外にも悪くない手合いだ。滅茶苦茶な中にも隙をうかがう動きや裏をとるような動作を挟み込んでいる。

愚か者にも長所があったことが、妙におかしく感じられた。

「なかなか悪くないぞ、ロイゼ。罪を償って騎士を目指さないか？」

「うるさい、黙れ！」

顔を真っ赤にして更に打ち込んでくる。惜しいな、とほんの少しだけ思った。

しかし、もう慈悲はない。ロイゼには有り余るほどチャンスを与えてきた。それを無下にしてきたのだからしかるべき罰を与えよう。王の殺害を企てることは死罪にあたる。

ぐっと長剣に体重を乗せ、大きく踏み込み距離を詰める。勢いのまま、下から上へ目くらましの一撃を打ち出す。

「…………っ!?」

のけ反りながらもとっさに受けたロイゼ。腕が痺れたようで、一瞬だが次の手が遅れる。

すぐさま剣を返し、身体を反転させて振り向きざまに大きく横に薙ぐ。

「ぐあっ……!?」

血飛沫が視界に飛び、じわりと赤が彼の腹に滲む。

再度身をひるがえし魔剣の柄から上へと長剣の刃を滑らせる。切っ先が離れるというところでぐっと力を込める。勢いそのままに右へ振り抜けば、魔剣は宙を大きく回転しながら後方へ吹き飛んだ。

「あ…………っ!?」

ロイゼの膝が床に付くと同時に、魔剣も遥か遠くの床に突き刺さる。衝撃で床の石片がパラパラと舞った。

「……ロイゼよ。今日のわたしは最高に機嫌が悪い。運が悪かったな」

長剣の柄に付いた血を振り払いながら彼を見下ろす。腹の傷は致命傷ではないが、動けるほど浅くもないはずだ。

「冥土の土産に教えてやるが、わたしは善き国王ではない。そうあろうとしているだけの、ただのひとりの男なのだ。家族を失えば悲しいし、女性に振られれば相応に落ち込む。まあ、自分にそういう一面があると知ったのはつい最近だが」

蹲るロイゼの顔は苦痛に歪み、聞こえているのかは分からない。

「そなたはわたしの立場が羨ましいようだが、そう良いものではないぞ。富も名誉も全て持っているように見えてその実何も持っていないのだ。わたし自身が望んだものは何一つこの手にないのだから」

急死した父上から自動的に引き継がれた地位。悲しみを整理する暇もないまま執務に忙殺された。

大切なものは自分の手で守らねばなくなってしまう。もう誰かを失うのは嫌だ。その思いから先の戦争では自分ひとりで出陣した。

皆の手本であり、力を民のために使うことが何より重要だと考えてきた。自分の幸せなどない。皆が幸せであることのほうが大切だから。

そのうち適当な地位の誰かと婚姻を結んで世継ぎをつくり、生涯を終える。愛はなくとも穏やかであれば上々だろうと思っていた。それ以上の何かを望むという発想すらなかった。……異界から来た薬師と出会うまでは。

彼女はわたしに温かさをくれ、刺激をくれ、長らく放置されていた心の中の暖炉に火をともしていった。

唯一手に入れたいと望んだものは、今日遥か遠くに行ってしまった。

無様な姿を晒(さら)してでも引き留めればよかったと深く悔やんでいる。再び門を開いて追いかけたいが、何百万という国民を見捨てることは国王という立場が許さない。

「――わたしはそなたの自由が羨ましい。無いもののねだりをせず、次の人生は己の幸せを見つけるんだな」

ああ、思い出したら不快な気分になってきた。無駄話はもう終(しま)いにして仕事に戻らねば。

魔力を指先に集中させ、魔法陣を描く。

何をするのか理解した優秀な騎士たちがさっと顔色を変えた。

「陛下、本気ですか!?」

「城が全壊します！」

「そいつは私めでも始末できますから、お考え直しを！」

この魔術を使うのは実に250年ぶりだ。

子供のころ、こっそり忍び込んだ図書室の奥に鍵のかかった書庫があった。鍵を壊して中に入ると、埃をかぶった分厚い本がたくさん並んでいた。後に知ったが、それは禁書といって危険な魔術や倫理的に逸脱した魔術について書かれた書物だったらしい。

初めて見る術式にわたしは興味をそそられ、その1つを遊び半分に発動させたところ、父上にひどく叱られた。と同時にわたしの魔力量は規格外だと目を丸くされた。歴代魔王でも発動できない者がほとんどなのに、まだ子供のわたしが興味本位でやってしまったのだから。父上との数少ない思い出の1つだ。

要は禁じられた魔術。しかし、国王もたまには我儘を言っていいんじゃないか？

自然と口角が上がる。

異界の門を開くために少々魔力を消費したが、余力は十分にある。処刑ついでに旧友に会うぐらいしても罰は当たらないだろう。

視界の隅で賢明な騎士たちが退避を始めるのが見えた。

ロイゼも不穏な展開になりそうだと感じたのか、床を這い逃げようとしている。あれほど息巻いて乗り込んできたのに滑稽だ。ひどくつまらない気持ちになる。

「ロイゼよ。もう帰るだなんて興醒めなことをしないでくれ。せっかく城まで来たのだから、ゆっくりしていってはどうか？」

魔法陣は完璧に書き上がった。求められるまま魔力をぐんぐん流し込むと、それは不気味な青色に輝きだす。

潮の香りと共に、思わずぞくりとするような冷たい風がそよぐ。邪悪な青色で広間は包まれていき、突如空間のある1点がぐにゃりと歪む。

「我が忠実なしもべ、レイン・クロイン。我が身の前に姿を現し望みに応えよ」

と、次の瞬間。歪んだ空間から勢いよく濁流が流れ込む。

舐めるように波が壁を覆い尽くし、呑み込んでいく。

王城で最も広い部屋が、ものの数秒で大しけの海のような状態になった。

風は吹き荒れ湿気た空気が充満する。膨大な水圧と濁流に壁が耐えきれず、嫌な音を立ててひびが入り始めた。

ロイゼは波に呑み込まれているが、必死に泳いでいるようだ。

そしてどこからともなく低い唸り声が聞こえ、それは大きな水しぶきを上げながら海面から姿を現した。

波が大きくうねり、嵐のような風としぶきがその巨体から吹き出している。

真っ黒な鱗に覆われた体に獰猛な牙。顔の横からは鰭が大きく張り出している。白く濁った眼に一切の感情はない。

大きく広げた羽は広間の壁をあっけなく突き破る。壁が連鎖的に崩壊を始めて濁流が勢いよく流れ出すが、水位は減るどころかどんどん増していく。遥か遠くで非常事態を知らせる城の鐘の音が鳴り響く。

「久しいな、レイン・クロインよ」

『我が王。闇を統べる竜王レイン・クロインの名に於いて、御望みに応えよう』

レイン・クロインが仰々しく頭を垂れた。

崩壊する床から浮かび上がりながら命じる。

「そこの罪人を始末せよ」

『――御心のままに』

伝説の海竜、レイン・クロイン。

その御力によって、ロイゼ第1王子は断罪された。

挿話　サルシナの暗躍

第1王子ロイゼが玉座を狙って不審な動きをしている。そのことは以前より報告が上がっていた。

陛下の病を治せる人材を探すべく国内各地に散っていた魔族幹部。たまたまトロピカリに配置されていたわたしは、ロイゼの動向に気を配るようになった。

我が主は慈悲深い。ロイゼの不穏な動きが企みで終わればいいがと常々おっしゃっていた。決定的な事件を起こしたら法に従い捕縛せよと命を受けていたものの、ロイゼは狡猾だった。自分は手を出さず手下にやらせ、証拠の揉み消しもやたらと上手かった。

やつは見栄っ張りで愚か者であるが、我が主の強さを理解していたところだけはまともだった。正面から対峙しても勝ち目がないため、不穏分子を取り込んで力をつける一方、陛下に弱みがないか常に目を光らせ機会をうかがっていた。

――そこにセーナが現れた。

ロイゼ――通称ロイは陛下の温情で農業ギルド長という職に就いているものの、実際は椅子にふんぞり返っているだけだ。金と女に溺れて普段は別の人間に執務を押し付けているのに、セーナが訪ねたその日だけは何の気まぐれか執務室にいたのだ。いや、やつは張り巡らせた情報網からセーナが陛下の専属薬師になったことを把握していたと考えるほうが自然かもしれない。

唯一できた陛下の弱み。ロイゼが利用しないわけがない。さっそくセーナの誘拐を試みたようだが、我が主によってそれは阻止された。

このとき主がうっかり手下を全滅させてしまったため、ロイゼが手を引いていたという決定的な証拠がなくなってしまった。だから再び泳がせた。次にやつがことを始めたと確信したのは、セーナが王都に行くためしばらく留守にすると告げに来たときだ。どこか嫌な予感がしたわたしは密かにセーナの後を追うことにした。

全てが終わった今、明らかになっている事実はこうだ。

ロイゼは弟のライゼに偽の討伐計画を伝えていた。セーナと仲の良いライゼが漏らすだろうと確信して。

本当の討伐計画は、ロイゼは討伐の件を知らせに陛下を訪ねていくセーナの御者として王都に乗り込む。討伐隊は別で2人の後を追う。そしてセーナが陛下と接触した段階で急襲をかけるというものだった。セーナの前では陛下も力を発揮できないと踏んだのだろう。あるいはセーナを目の前で人質にとるつもりだったのかもしれない。そんなことをしたら余計に陛下の逆鱗に触れることも分からない馬鹿な男だ。

ロイゼは旅の夜な夜なすぐ後ろに付いてきている討伐隊と接触していたが、報酬の金額をめぐって揉め事を起こしていた。ライゼに伝えていた町の有志というのはもちろん嘘で、討伐隊は傭兵や裏社会のごろつきたちで構成されていた。約束の報酬をもらえないのなら帯同する意味はないだろう。

けちで強欲なロイゼに呆れて1人また1人と隊員は減っていき、弟のライゼを含む隊の3分の1は途中で疫病に罹り離脱を余儀なくされた。

結局王都に着くころには当初の5分の1にまで人員が減っていた。そしてその貴重な仲間さえ、何事かに怒り狂うメドゥーサに石にされてしまった。

1人ぼっちになってしまった王子様は半ば自棄を起こしていたのだろう。半月ほど王都をうろついていたが、何か吹っ切れたかのように単身王城に乗り込んでいった。

ロイゼが城の中に姿を消すのを見届けて、街中で情報収集をしていたところ、非常事態を知らせる王城の鐘が都じゅうに鳴り響いた。

何事かと急いで城に戻ると、目を疑うような光景が広がっていた。

正門をくぐる前から漂う磯（いそ）の香り。あちこち散乱する瓦礫（がれき）に、泥でぬかるんだ広大な庭園。ひどい嵐にでも見舞われたような惨状だった。

王城の者は呆然と立ち尽くすばかりだった。

異常な光景のなかでただひとり、閑寂な気配をまとった人物がいた。

大破した王城を見つめる陛下の横顔は、夕焼けに照らされていつも以上にお美しかった。ただその唇はかたく引き結ばれ、何かを必死に堪えているような、あるいは深く絶望しているような、索漠とした表情をしていた。声をお掛けするのも憚られるような孤高のオーラを取り戻していた。

「ああ、セーナは行ってしまったのか」

無意識に、そう気が付いた。

彼女が異世界人だということは内々に聞いていた。いつか戻るのだろうとは思っていたが、まさか今日だったとは。

セーナから別れの挨拶は受けていない。王都に行くと一言あっただけだ。律儀な彼女にしては珍しいことだから、火急のことでやむを得ず戻ったのかもしれない。とにかく瓦礫の片付けを手伝うことにした。今の主にお声掛けすることは好ましくないということだけは分かる。

しゃがんだわたしの横を灰色のローブを着た者が駆け抜けていく。何となくその者が気になったが、今はそれより考えることがある。

優秀な部下とは、主の意向を汲んで何手も先のことをやり遂げるもの。わたしはケルベロス。冥界の番犬であり魔王陛下の忠実なしもべ。陛下の望みはただ1つに決まっている。さあ、どうしようか。

挿話　ライの決意

うちは由緒正しい家系だったんだって、父ちゃんと母ちゃんは言っていた。

「でも、ご先祖様が悪さをしたから、もう私たちは偉くないのよ」母ちゃんが優しい声で俺に話しかける影が頭の片隅に残っている。

ブラストマイセス王国の片田舎、トロピカリで俺たち一家は暮らしていた。母ちゃんの言う通り、血筋が良いというわりに暮らしは質素だった。なんなら農場をやっている同級生のほうが裕福な生活ぶりだった。

でも俺は気にしてなかった。というか、これが普通だと思っていた。金持ちだった時代を知らないんだから。

優しい両親に歳の離れた兄貴。家族で囲む賑やかな食事の席が俺は好きだった。

全てが変わったのは、両親が亡くなった日からだった。

大雨の日だった。隣町へ向かう両親を乗せた馬車が、カーブを曲がりきれずに側溝へ転落した。

その知らせを聞いたロイ兄は泣き叫んでいた。

俺はすごく小さかったから、死ぬっていうことがよく分からなかった。両親のことよりも泣き叫ぶロイ兄の姿が怖くて、それで俺も泣いた気がする。

その日から2人兄弟での生活が始まった。炊事に洗濯、掃除。全てを自分たちでしなければならなかった。

慣れていないから何をするにも時間が掛かる。俺も手伝おうとしたんだけど、かえって邪魔だとどやされていた記憶がある。

そのうちどこからか手伝いの人が雇われてきた。俺ら子供だけで分からないことが起こったときはその人が手助けをしてくれた。まだ俺らは幼児と学生だったのに、不思議と金はいつも金庫に用意されていた。

角を生やした男がたびたび来るようになったのも、そのころからだ。

まだ小さかった俺は、その男が良いやつか悪いやつかなんて知る由もなかった。だから、8つ上のロイ兄の「あの男のせいで父様と母様は事故に遭った」っていう言葉を疑うことなく信じてた。

その男が来るたびに俺とロイ兄は物を投げつけ、汚い言葉を浴びせた。

「人殺し！」「化け物め！　あっちに行け！」

手伝いの人がいたとはいえ、いきなり始まった兄弟だけの生活は大変だった。今思えばその鬱屈をぶつけていたのかもしれない。どんな暴言を吐いてもそいつは黙っていて、憐(あわ)れむような表情で俺らを見てた。それが余計に腹立たしかった。

化け物め。いつか復讐してやるからな。

それが俺とロイ兄の生きる意味だった。

時は流れ、ついに好機がやってきた。角の男を討つ大義ができたのだ。

『町を荒らす得体の知れない化け物を討て！』

俺はロイ兄から計画を打ち明けられ、考える間もなく頷いた。

けれど、結局討伐は上手くいかなかった。旅の途中でロイ兄は仲間割れを起こし、俺は原因不明の熱病に罹って離脱した。

ロイ兄はひとりであの男を襲い、2度と帰っては来なかった。


熱病で一時は危ない状態になったけど、運よく俺は回復できた。その後、俺は長い時間を掛けて全てを正しく理解した。ロイ兄に騙されていたことを、角の男は無実の魔王様だったということを。

ロイ兄が言ってたことが嘘だった今、俺には何が残っている？

結局セーナだっていなくなっちまった。

バカだよな。セーナは魔王様の専属薬師だったんだ。それなのに俺は、ロイ兄の計略にはまって討伐の計画をべらべら喋っていた。セーナを安心させるつもりで話したことは逆効果だったんだ。あのときの得意げな自分をぶん殴ってやりたい。

そしてセーナとも会えなくなってしまった。姿を見ないからサルシナに聞いたら、遠くへ行ってしまったと。半信半疑でいたところ、その話から数週間遅れて直筆の手紙が届いた。サルシナの話は本当だった。

俺はからっぽだ。騙され利用されただけの情けない男。何者にもなれず、誰かの何かになることもできなかった。

魔王様に守られ、セーナを失って。

悔しい悔しい悔しい。くそっ、俺は、俺はどうしたらいいんだ――？

俺は必死で考えた。自分の頭で考えた。毎日、毎日、考えた。

俺は俺の人生を生きたい。そのために強くなりたい。知らぬ間に守られるのも失うのももうご免だ。

頭に浮かぶのは恐ろしいぐらいに美しいあの男――魔王様の顔。

今なら分かる。魔王様は親亡き俺ら兄弟が困らないように生活を整えてくれていたのだと。困ったときはどこからともなく現れて手を貸してくれていたことを。

ほんとバカだよ俺。実際目にしたものより根拠のない兄貴の言葉を信じてたんだから。

今更頼るだなんて虫がよすぎるだろ。散々ひどいことを言ったし、生卵をぶつけたこともあった。

でも、でも――。

バカな俺に手を差し伸べてくれるのは魔王様しかいないような気がするんだ。あざ笑われようが冷たくあしらわれようが構わない。むしろそうされて当然だ。頷くまで俺は絶対に諦めないし、何度でも謝る。そこから始めるんだ。

俺は再び王都を目指して旅に出た。

『ライはまだ若いから、心配しなくてもこれから見つかると思うわ。大丈夫よ』

その昔、目標がないとこぼしたときセーナが掛けてくれた言葉だ。何気ない会話だったのに、セーナがいなくなってしばらく経つ今も、この台詞(せりふ)だけは不思議とずっと心に残っている。

もう会えないかもしれない。でも、もし会えたなら。

そのときまでには見つけたと胸を張れるようになりたい。そうしたら、お前は驚き喜んで、また太陽のように温かく笑ってくれるのだろうか。

エピローグ

「……かはっ」

手のひらに付着した鮮血を眺める。乾いた咳と共に吐き出されたそれはまだ温かい。

吐血したというのに何の感情も動かない。悲しみすら、諦めすらも感じない。セーナが異界に戻ってから数年が経過して、とうとう心まで凍り付いてしまったのだろうか。

ゆっくりと息を吐きながら椅子の背もたれに身を預ける。

わたしの身体には異変が現れ始めていた。

セーナが作り置いていってくれた漢方薬が効かなくなってきている。彼女と出会う前と同じような、いや、それより酷い体調の悪さを感じる日が増えてきた。鉛のような倦怠感が常に身体を覆い、執務が詰まると激しい熱が襲う。

もしセーナがいたならば、「体質が変わったんでしょうか？」なんて言って新しい薬を調合してくれるのだろう。しかし理由はそこではない。原因に心当たりがあった。

門の魔術を行使したことにより、わたしは代償に名をひとつ失った。魔王の名には魔力が宿っており、名を失うということは一定期間の寿命を失うことと等しい。いくら縮まったのかは分からないが、身体を循環する生命エネルギーがごっそり減った実感がある。だから病の勢いが増しているのだろう。

「わたしはあとどのくらい生きられるのだろうか」

時刻は深夜2時。執務机に山積みになった書類を前にぽつりと言葉がこぼれ落ちる。

光を失った世界。あの温かい笑顔、清らかな声、全てを癒すセーナの存在そのものがわたしの生きる意味だった。

失ったからといって己の責務が消えるわけではない。疫病にあえぐ国民、落ち込んだ国内経済、これを機につけ入る隙を狙う隣国。国王としての正念場に直面している。あげく臣下からは早く妃(きさき)を迎えてお世継ぎをなどと世話を焼かれる始末だ。

「……そなたは幸せに過ごしているだろうか」

机の引き出しを開け、最高級の布で包んだホワイト・トパーズの玉を取り出す。手のひらほどの玉の内部には鮮明な映像が流れている。古い小屋の中、若い女性は生き生きと調合をしており、角の生えた長髪の男性が彼女の姿を微笑みながら眺めている。

セーナから奪った記憶と自分の記憶を組み合わせて作ったものだ。

「幸せならそれでよい。そなたと出会えただけで、わたしの生には大いなる意味があった」

さらりと玉を撫でる。と同時に、再び勢いよく込み上げてきた鮮血を左手で受ける。

「う……っ、くそ」

やらねばいけないことはたくさんあるのに身体が悲鳴を上げる。ままならないこの身がもどかしい。気付けの酒が入ったゴブレットをあおり一気に飲み下す。

指を弾いて血に塗(まみ)れた手を清める。記憶の玉を傍らに置いて、わたしは静かに書類の山の一番上〝毒矢射手に関する追加報告書〟に手をかけた。

（下巻へ続く）

＜初出＞
本書は魔法のｉらんど大賞2021小説大賞で＜異世界ファンタジー部門　特別賞＞を受賞した『最強魔王様は病弱だった ～溺愛された地味薬師の異世界医療改革～』に加筆・修正したものです。
魔法のｉらんど大賞2021
https://maho.jp/special/entry/mahoaward2021/result/

この物語はフィクションです。実在の人物・団体等とは一切関係ありません。
また、登場する医療行為は架空のものであり、実在のものとは関係ありません。

◇◇メディアワークス文庫

薬師と魔王(上)

永遠の眷恋に咲く

優月アカネ

2022年9月25日　初版発行

発行者　青柳昌行
発行　株式会社KADOKAWA
〒102-8177　東京都千代田区富士見2-13-3
0570-002-301（ナビダイヤル）
装丁者　渡辺宏一（有限会社ニイナナニイゴオ）
印刷　株式会社暁印刷
製本　株式会社暁印刷

●お問い合わせ
https://www.kadokawa.co.jp/（「お問い合わせ」へお進みください）
※内容によっては、お答えできない場合があります。
※サポートは日本国内のみとさせていただきます。
※Japanese text only

※定価はカバーに表示してあります。

Printed in Japan
ISBN978-4-04-914647-9 C0193

メディアワークス文庫　https://mwbunko.com/

本書に対するご意見、ご感想をお寄せください。

あて先
〒102-8177　東京都千代田区富士見2-13-3
メディアワークス文庫編集部
「優月アカネ先生」係

◇◇◇

黒狼王と白銀の贄姫
辺境の地で最愛を得る

高岡未来

彼の人は、わたしを優しく包み込む――。
波瀾万丈のシンデレラロマンス。

妾腹ということで王妃らに虐げられて育ってきたゼルスの王女エデルは、戦に負けた代償として義姉の身代わりで戦勝国へ嫁ぐことに。相手は「黒狼王（こくろうおう）」と渾名されるオルティウス。野獣のような体で闘うことしか能がないと噂の蛮族の王。しかし結婚の儀の日にエデルが対面したのは、瞳に理知的な光を宿す黒髪長身の美しい青年で――。

やがて、二人の邂逅は王国の存続を揺るがす事態に発展するのだった…。

激動の運命に翻弄される、波瀾万丈のシンデレラロマンス！

【本書だけで読める、番外編「移ろう風の音を子守歌とともに」を収録】

第6回カクヨムWeb小説コンテスト
《恋愛部門》大賞受賞の溺愛ロマンス！

『拝啓　見知らぬ旦那様、８年間放置されていた名ばかりの妻ですもの、この機会にぜひ離婚に応じていただきます』

商才と武芸に秀でた、ガイハンダー帝国の子爵家令嬢バイレッタ。彼女には、８年間顔も合わせたことがない夫がいる。伯爵家嫡男で冷酷無比の美男と噂のアナルド中佐だ。

しかし終戦により夫が帰還。離婚を望むバイレッタに、アナルドは一ヶ月を期限としたとんでもない“賭け”を持ちかけてきて――。

周囲に『悪女』と濡れ衣を着せられきたバイレッタと、今まで人を愛したことのなかった孤高のアナルド。二人の不器用なすれちがいの恋を描く溺愛ラブストーリー開幕！

メディアワークス文庫